MERLIN AFFRONTE UN FAMILIER

MYSTÈRES MAGIQUES DE MERLIN
LIVRE 1

MOLLY FITZ

MINOU MYSTÉRIEUX

Minou Mystérieux
PO Box 873543
Wasilla, AK 99687

AU SUJET DE CE LIVRE

Je m'appelle Gracie Springs et je n'ai pas de pouvoirs magiques... mais je crois que mon chat en a. J'ai commencé à avoir des soupçons quand il a sauté un petit peu trop haut en poursuivant un rouge-gorge dans le jardin. Et j'en ai été sûre quand il a ouvert la bouche et qu'il s'est adressé à moi par mon nom !

Et qu'a-t-il dit en premier ? Qu'il n'aime pas le nom que je lui ai donné — même si Bouboule lui va comme un pull chaud à Noël. Nous avons trouvé un compromis avec « Merlin le Matou Magique », qui selon lui évoque très bien sa longue et noble lignée.

Après avoir réglé ce détail, il m'a informé que je dois garder son secret ou risquer de passer le reste de ma vie dans une espèce de prison magique. J'ai accepté, ne sachant pas que ça allait se transformer en travail à plein temps : je dois sans cesse le couvrir et mentir afin de nous sortir de quelques situations délicates.

Quand mon patron du café local est tombé raide mort, les circonstances déjà difficiles deviennent presque impossibles... d'autant plus que tous mes collègues semblent penser que je suis responsable.

J'espère vraiment que mon chat sorcier saura me sortir de là, parce que pour l'instant, j'ai le choix entre une malédiction d'un côté et une inculpation pour meurtre de l'autre. Au secours !

REMARQUE DE L'AUTRICE

Bonjour, merci d'avoir choisi ce livre! Si vous aimez autant que moi les *cozy mysteries* qui font rire, nous allons bien nous entendre.

Pour commencer, j'aimerais vous inviter sur ma page Facebook dédiée exclusivement à mon lectorat francophone. Vous pouvez le faire ici :

facebook.com/lapilealire

Et vous pouvez également vous inscrire à ma newsletter pour recevoir un cadeau numérique gratuit comprenant une histoire exclu-

sive au sujet d'Octo-Chat que je réserve à mes
abonnés:

minoumystérieux.com/abonnez

Nous allons bien nous amuser ensemble.
Tout commence en tournant la première
page...

On se revoit de l'autre côté,

MOLLY

1

Je m'appelle Gracie Springs et j'ai toujours été une fille assez normale. Je travaille en tant que barista tout en préparant mon Master de sociologie. J'ai fini tous mes cours, mais je n'ai toujours pas trouvé le sujet parfait pour mon mémoire. Et sans lui, je ne peux pas obtenir mon diplôme.

Oups.

En attendant, je vis dans une petite ville ordinaire de Géorgie du Sud nommée Elderberry Heights. La plupart de mes voisins ont plus de soixante-dix ans. Je vis dans la maison de ma grand-mère Grace. Elle a choisi d'abandonner sa demeure en déménageant vers le sud dans un village pour retraités branchés situé sur l'archipel des Keys, en Floride.

Elle m'a donné la maison où elle a élevé mon père et mes oncles, en disant que c'était mon héritage anticipé et que j'avais toujours été sa préférée, de toute façon... et pas seulement parce que nous avions le même prénom.

Elle a laissé tous ses meubles et sa décoration, ce qui signifie que ma maison contient au moins trois dizaines de napperons en crochet faits main et que le salon est constitué de canapés fleuris marrons et de petites tables en chêne clair. Je n'ai pas le cœur — ni l'argent — de changer quoi que ce soit.

Grand-mère Grace m'a aussi laissé ce chat en piteux état qui est apparu sur le seuil de la porte quelques jours seulement avant qu'elle déménage et que j'emménage. Le vétérinaire dit qu'il s'agit d'un Maine coon. Moi je dis qu'il est bien plus grand que ne devrait l'être un chat, surtout si l'on tient compte de ses longs poils ébouriffés qui lui donnent littéralement un air de boule de poils.

Je suppose que c'est pour cette raison que je l'ai appelé Bouboule.

Garder un chat que je n'avais pas voulu était un petit prix à payer pour une maison gratuite et avec le temps, Bouboule a commencé à me plaire. Il n'est pas exactement du genre à faire des câlins. En fait, chaque fois que j'ai essayé de le soulever, il m'a attaqué. Il a réussi à me faire saigner deux fois.

Je n'essaie plus de le soulever, mais si je reste assise sans bouger et que je fais semblant de ne pas m'intéresser à lui, il vient parfois s'installer sur mes genoux. Un jour, il a même ronronné.

Bouboule aime la nourriture et il prend souvent une bouchée de ce que je mange pour le dîner. Il aime aussi courir dans les couloirs au milieu de la nuit comme une créature possédée.

Je n'avais pas eu l'intention d'en faire un chat d'extérieur, mais il est si doué pour s'échapper que j'ai fini par installer une chatière afin de ne plus avoir à m'inquiéter de ses escapades.

Ce qui me ramène à ce matin...

J'étais en retard pour le travail, parce que j'avais passé un moment particulièrement difficile à essayer de suivre un nouveau tuto maquillage de ma Youtubeuse beauté préférée. À la fin, j'avais tout retiré et gardé un regard charbonneux et des lèvres couleur chair. Ça m'apprendra à essayer une nouveauté juste avant de devoir partir au travail.

D'autant plus que mon vieux patron radin utilise la moindre excuse pour faire des retenues sur mon salaire. Il est toujours très amer parce qu'une franchise populaire de cafés s'est installée à quelques rues de lui et a considérablement diminué ses profits. Mais il est aussi entêté et pas tout à fait prêt à admettre sa défaite, c'est pourquoi il a gardé tous ses employés tout en diminuant nos heures et en cherchant n'importe quelle excuse pour nous payer moins.

Un type super, mon patron...

Je n'avais pas vu Bouboule depuis le petit-déjeuner et je voulais être certaine que tout allait bien avant de partir au travail.

— Bouboule ! Bouboule ! Viens là, minou, minou ! l'appelai-je en claquant la langue, mais il ne vint pas en courant.

Il ne vient jamais en courant. C'est toujours à moi de le trouver.

Je regardai donc sous le lit, derrière le canapé et par la fenêtre.

Je finis par l'apercevoir, le derrière en l'air et la tête au ras du sol : la posture classique précédent un bond. De l'autre côté, un rouge-gorge qui n'avait rien remarqué prenait son bain dans le bassin pour oiseaux en pierre laissé par grand-mère. Il profitait des quelques gouttes qui ne s'étaient pas encore évaporées à cause du soleil brûlant de l'été.

Le derrière de Bouboule s'agita une fois, deux fois.

Il bondit, mais le rouge-gorge le vit arriver et s'envola.

Bouboule s'envola à sa suite.

Et ce ne fut pas un bond de chat normal. Il ressemblait à un petit athlète félin sur le point de faire un smash au basket. Il monta et monta à la suite de sa cible effrayée. Il devait être monté d'au moins deux mètres et il continuait.

C'est alors qu'il a tourné la tête vers moi et qu'il m'a vue en train de l'observer. Ses yeux émeraude transpercèrent les miens et pendant un instant, il resta coincé en l'air.

Puis il se retourna et le mouvement soudain rompit le sortilège. Bouboule retomba parterre, puis détala hors de ma vue en me laissant perplexe. *Que venait-il de se passer ?*

* * *

J'attribuai tout l'épisode du chat défiant la gravité à mon manque de sommeil et à une imagination trop active, puis je me dépêchai vers la Maison du Café de Harold.

Même si j'ignorai à la fois les limitations de vitesse et les panneaux stop, j'arrivai avec trois minutes de retard à mon travail. Mon patron, Harold lui-même, m'attendait juste à côté de la porte.

Il tapota son poignet alors qu'il ne portait jamais de montre et cria :

— Quand finiras-tu par apprendre la leçon ? Trois minutes, c'est trois dollars, et puisque c'est ton deuxième retard cette semaine, je double ta peine.

Je poussai un petit grognement de mépris et je le contournai vite pour pointer.

— Gracie ! Tu m'écoutes ? demanda-t-il en me suivant comme un caneton cinglé.

— Oui, tu retiens six dollars sur ma paie parce que j'ai trois minutes de retard, alors qu'il n'y a pas de clients et que tu ne nous paies que le salaire minimum. Et même ça, c'est parce que tu y es légalement obligé. Bientôt, c'est moi qui te paierai pour avoir le plaisir de n'avoir rien à faire pendant que nos clients traînent au Mermaid's Brew au bout de la rue. C'est à peu près ça ?

Le visage de Harold devint écarlate.

— Quelle insolence ! hurla-t-il. Si ça ne coûtait pas si cher de former un nouveau, tu n'aurais plus de travail. En fait, tu as de la chance que je...

Il fit un pas en arrière, secoua la tête et réessaya.

— Écoute-moi, Gracie. Tu as de la chance que...

Il arrêta de parler, le souffle coupé, et s'effondra

sur le sol. Il était passé de furax à immobile en quelques secondes.

— Harold, Harold! criai-je en m'agenouillant pour vérifier s'il respirait encore.

Ce n'était pas le cas.

Je pris son poignet pour trouver un pouls.

Je ne le trouvai pas.

Oh-*oh*.

2

Mon patron venait de tomber raide mort, ici devant tout le monde… enfin, devant au moins deux collègues et une cliente qui buvait un café infusé à froid dans le coin. Même si je ne percevais pas son pouls, je tentai de le réanimer. Mais Harold était déjà parti.

— J'appelle une ambulance! cria Kelley, notre barista la plus récente, derrière la caisse.

Drake, notre chef, marcha lourdement vers la porte et retourna l'écriteau « ouvert » avant de baisser les stores.

— Je suis désolée, madame, dis-je à notre unique cliente. Nous allons devoir vous demander de partir, maintenant. Si vous avez votre carte de fidélité, je vous donnerai quelques points supplémentaires pour nous excuser du dérangement.

Si Harold avait été en vie, il m'aurait renvoyée pour ça, étant donné sa propension à grappiller le moindre centime de ses employés comme de ses clients. Je suppose que ça n'avait plus vraiment d'importance, désormais.

La femme but une longue gorgée de sa boisson, me regardant avec des yeux verts écarquillés, puis elle jeta ce qui restait à la poubelle, rassembla ses affaires, et sortit de là à toute vitesse. Je la comprenais très bien.

Kelley se précipita vers moi et resta collée.

— Une ambulance est en route.

— Ça ne servira à rien si ce con est déjà mort, dit Drake d'un air renfrogné.

— Ne parle pas de cette façon, dit Kelley d'une voix aiguë, une main sur sa poitrine. Un homme vient de perdre la vie !

— C'était sans doute une crise cardiaque, suggérai-je en haussant les épaules. C'est triste, mais ça arrive tout le temps. De plus, Harold n'était pas très en forme.

— Ouais, ajouta Drake avec un rire sarcastique en s'appuyant contre le comptoir, les bras croisés. Et comme son cœur était au moins trois fois trop petit, je pense qu'il avait du mal à assurer.

Je gardai les lèvres pincées. Même si j'étais d'accord avec l'analyse de Drake, c'était assez terrible d'être témoin de la mort de cet homme. Si l'on ajoutait à cela l'incertitude de mon emploi, la journée était vraiment pourrie.

Quelques curieux jetèrent un coup d'œil entre le rebord de la fenêtre et l'endroit où les stores étaient coupés légèrement trop court. L'un d'entre eux frappa même malgré l'écriteau FERMÉ. Drake tambourina de notre côté de la porte et hurla des menaces aux personnes qui voulaient entrer.

Je décidai de me concentrer sur mon travail même s'il n'y avait personne pour qui préparer du café. Je nettoyai toutes les tables et les comptoirs, priant pour que de l'aide arrive bientôt. C'était vraiment horrible d'être enfermés avec un cadavre.

Je pense que Drake le ressentait également, car il continua à errer en faisant les cent pas tout en marmonnant dans sa barbe.

Quand les secours arrivèrent, Kelley s'était installée sur un des fauteuils club confortables. Elle avait remonté les genoux contre sa poitrine et sanglotait en silence.

Comme aucun de mes collègues n'était d'attaque pour jouer à l'hôte, j'accueillis les secours et la policière à l'intérieur, puis je refermai la porte à clé derrière eux.

— Il est juste là, annonçai-je en les guidant vers le fond où se trouvait le petit bureau de Harold et l'endroit où nous pouvions ranger nos manteaux et pointer.

Le pauvre Harold était allongé sur le dos avec la tête appuyée contre le mur et le cou tordu de façon inconfortable. Une main était posée sur son torse et l'autre était étalée à côté de lui. Son visage avait déjà commencé à perdre de sa couleur, lui donnant cette apparence cireuse que ne pouvait cacher aucune quantité de maquillage post-mortem.

Les secouristes se penchèrent pour examiner Harold pendant que la policière restait debout à côté de moi.

— Y a-t-il un endroit où nous pourrions aller discuter ? demanda-t-elle, impassible.

— Bien sûr.

Je la conduisis jusqu'à l'unique box que nous avions dans un coin au fond du café, un vestige de son ancienne vie de crêperie.

— Aimeriez-vous un café ou autre chose ?

Elle secoua la tête et pointa le doigt vers la poche de sa chemise.

— Je suis l'agent Dash. Et vous êtes ?

— Gracie. Gracie Springs.

Elle sortit un carnet, se lécha le doigt, et tourna une nouvelle page, puis elle tira un petit stylo de la couverture du carnet et le plaça au-dessus du papier.

— Et vous travailliez pour le défunt ?

— Oui. Depuis quelques mois.

L'agent Dash inscrivit cela en fronçant les sourcils.

— Pourquoi est-ce important ? demandai-je en tapotant la table du bout des doigts.

— Je note les faits maintenant, au cas où il me faudrait revenir dessus plus tard.

— Mais que voulez-vous dire ?

Elle leva un sourcil en me regardant.

— Avez-vous déjà entendu l'expression « présumé innocent jusqu'à preuve du contraire » ?

Je hochai la tête.

— Eh bien, dans ce cas, notre cadavre est présumé assassiné jusqu'à ce qu'il soit prouvé qu'il est mort de causes naturelles. Nous ne pouvons pas simplement supposer qu'il n'y a pas de crime, car quand nous recevrons le rapport du médecin légiste, nous aurons déjà perdu l'occasion d'enquêter sur la scène de crime.

J'avais la tête qui tournait. Il était impossible que Harold ait été assassiné. Et pourtant...

— Attendez, marmonnai-je, une pensée horrible s'installant dans mon cerveau. Vous ne pensez pas que j'ai un rapport avec ça. Si ?

L'agent Dash sourit d'un air satisfait.

— D'après ce que nous a dit l'opérateur, vous avez eu un échange très animé avec le défunt juste avant qu'il tombe à la renverse.

— Oui, mais vous ne pouvez pas...

— Et ces disputes étaient-elles fréquentes ?

— Oui, mais je n'ai pas...

— Eh bien, Gracie Springs. Vous avez intérêt à espérer que Harold est mort d'une crise cardiaque ou d'un anévrisme ou d'une autre tragédie médicale courante. Sinon, vous êtes tout en haut de ma liste de suspects.

3

Je rentrai à la maison physiquement épuisée et émotionnellement à bout. Tout était arrivé si vite après la chute de Harold. La sévérité des insinuations de l'agent Dash ne fit son chemin dans ma tête que lorsque je m'échappai enfin du café et que je commençai mon trajet de retour à la maison en silence. Maintenant que j'avais un moment pour réfléchir, quelques questions très importantes m'assaillirent. Pourquoi était-elle si certaine qu'il ait été assassiné? Et encore plus étonnant, pourquoi pensait-elle que je l'avais fait?

Il est vrai que beaucoup de gens n'aimaient pas Harold, mais personne n'avait de raison de le tuer… et surtout pas moi. Je veux dire, pourquoi l'aurais-je fait alors qu'il me suffisait de quitter mon travail et de ne plus jamais le revoir ?

Toute cette affaire me rendait malade… et terrifiée. Je voulais seulement me réveiller de cet horrible cauchemar et retourner à ma vie normale, bien que légèrement ennuyeuse.

J'enfilai donc mon pyjama en flanelle préféré, même si ce n'était que l'après-midi et que la température extérieure était bien supérieure à vingt-six degrés. Parfois, ma ville natale du Michigan du Nord me manquait : il y faisait souvent un peu frisquet, et mon pyjama — ainsi qu'un ventilateur de table surmené — aidait à apaiser le mal du pays occasionnel.

En ce moment, je voulais ma maman. J'avais beau avoir la vingtaine et être autonome, j'étais blessée et j'avais peur. Et ce n'était pas parce que j'avais grandi que je ne pouvais pas me tourner vers ma mère quand j'en avais besoin…

Cependant, le fait qu'elle ne décroche pas le téléphone quand j'appelai revenait au même. Je raccrochai au lieu de laisser un message, puis j'envoyai un texto rapide en lui demandant de me rappeler quand elle en avait le temps.

Bouboule miaula et sauta sur le canapé à côté de moi. Il agita les moustaches en essayant de voir si j'avais quelque chose d'intéressant à manger. Quand il ne trouva pas de nourriture, il plongea les dents dans le bord de ma manche et grogna doucement.

— Bonne idée, dis-je. Cette journée demande vraiment un peu de glace.

Je servis notre parfum préféré — la vanille — dans un des bols que je n'utilisais pas souvent, j'attrapai une cuillère et le reste du bac de glace et je m'installai à nouveau sur le canapé. Le bol était pour Bouboule. J'avais besoin de tout le bac pour moi.

Pendant que nous mangions ensemble, je commençai à raconter les événements de ma journée à mon compagnon félin.

— Cette policière était si méchante, me plaignis-je. Pourquoi suppose-t-elle automatiquement que j'ai tué mon patron ? C'était terrible. Affreux. Voir la vie quitter ses yeux. Je ne pense pas l'oublier un jour.

· Bouboule se redressa et inclina la tête sur le côté. Parfois, dans des moments comme celui-ci, j'avais l'impression qu'il me comprenait.

— Miaou ? demanda mon Maine coon.

— Oh, oui. Je suppose que je devrais commencer par le début, hein ? Eh bien, mon patron au café, Harold. Il est mort aujourd'hui.

— Harold est un nom horrible, dit Bouboule d'une voix rauque.

— Je sais. Je n'aurais jamais cru que quelqu'un dans le…

Je m'arrêtai soudain et je fermai la bouche, puis je fixai longuement Bouboule. Étais-je vraiment si perturbée que j'entendais des choses ?

Je me moquai de moi-même.

— Que je suis bête, dis-je en soufflant. Je croyais que tu me parlais, Bouboule.

— Je ne m'appelle pas Bouboule, dit le chat avant de sauter de la table basse sur le canapé à côté de moi. Alors, ne m'appelle plus ainsi.

— Qu-qu-quoi ? bafouillai-je en me frottant les yeux jusqu'à voir des étincelles. J'ai la berlue. Je vois des choses qui n'existent pas. Ce n'est pas réel.

Bouboule fit claquer sa petite langue rugueuse.

— Tu veux dire que tu *entends* des choses, et ce n'est pas le cas. Je te parle, Gracie.

Je bondis du canapé et je pivotai sur moi-même au milieu du salon.

— Sortez de là, sortez de là, qui que vous soyez ! criai-je avec un rire de folle, sans vraiment savoir à qui j'avais affaire. La farce est finie. Ha ha, vous m'avez vraiment fait croire que Bouboule parlait. Oui, je suis folle ! Vous avez gagné ! Maintenant, sortez de là et avouez !

Bouboule poussa un grand bâillement puis il s'installa en rentrant les pattes sous lui.

— Tu agis effectivement comme une folle. De plus, je t'ai déjà dit que mon nom n'est pas Bouboule, alors veux-tu bien arrêter de m'appeler comme ça ?

Je poussai un petit cri, puis je m'abaissai lentement au sol avant de m'évanouir et de me cogner la tête.

— Ce n'est pas réel. Ce n'est pas réel, murmurai-je en agissant de façon assez similaire à Kelley quand elle s'était roulée en boule et se balançait sur son fauteuil, au café.

— Qu'est-ce qui n'est pas réel ? demanda Bouboule en sautant du canapé et en s'avançant vers moi.

— Tu ne peux pas parler.

— Je peux parler, mais il semblerait que tu n'es pas très douée pour écouter.

— Veux-tu me faire du mal ?

— Bien sûr que non. J'ai besoin de toi pour me nourrir, n'est-ce pas ? Que tu es bête !

— Que me veux-tu ?

— La nourriture susmentionnée et aussi que tu arrêtes de m'appeler Bouboule. Je préfère nettement le nom qui m'a été donné par mes ancêtres, merci bien.

— Euh... d'accord. Comment dois-je t'appeler?

— Mon nom est Merlin, et je viens d'une longue et noble lignée de magiciens remontant jusqu'au roi Arthur.

— Tu es magique? demandai-je en inspirant brusquement.

— Évidemment, cracha mon chat.

Je m'évanouis alors pour de bon.

4

La nuit était déjà tombée quand je repris connaissance. J'aimerais pouvoir dire que j'ai eu quelques instants paisibles en ignorant les événements de la journée, mais ce n'est pas ce qui est arrivé.

D'abord j'entrouvris un œil... et je me souvins que mon patron était mort juste devant moi et que j'étais suspectée d'avoir commis son meurtre éventuel.

Et quand j'ouvris l'autre œil... je me souvins que mon chat savait parler et qu'il affirmait également descendre de magiciens.

Argh. Je voulais simplement retourner dormir et me réveiller quand tout était fini. Était-il trop tard pour lâcher mes études et déménager loin, très loin de cet endroit ?

Eh bien, j'étais réveillée maintenant, et il fallait que je fasse quelque chose. Je ne savais pas du tout quoi faire au sujet de mon chat, et j'étais mal à l'aise à l'idée d'être seule avec lui dans ma maison sombre, alors je décidai de me rendre au café et de voir si je pouvais trouver de quoi prouver mon innocence.

Heureusement, j'avais une clé à cause des nombreuses fois où j'avais été forcée à travailler aux heures d'ouverture et de fermeture. Je me garai à l'autre bout de la rangée de boutiques du centre commercial, sans doute par instinct de survie, puis je me faufilai vers la Maison du Café de Harold et j'entrai.

Je fus parcourue de frissons en utilisant la torche de mon téléphone portable pour guider mes pas jusqu'au bureau à l'arrière. Je n'aurais sans doute pas dû être là, mais je n'aurais absolument pas dû être accusée d'un crime que je n'avais pas commis. La paperasse de Harold allait peut-être révéler une maîtresse ou un rival fâché. Je parcourus des tas de feuilles de présence, remarquant que même si elle n'avait pas autant d'ancienneté, Kelley gagnait plus d'argent par heure que moi.

Et cet enfoiré de Harold m'avait dit que le salaire minimum était ce qu'il pouvait faire de mieux ! Je continuai à parcourir les feuilles de compte, ne trouvant pas de changements alarmants parmi les sommes totales d'une semaine à l'autre. J'étais sur le point de détourner mon attention du bureau et de me concentrer sur le meuble à tiroirs quand j'entendis une espèce de *clac clac* juste de l'autre côté de la porte du bureau.

Je me figeai sur place et je forçai mon pouls à se calmer.

— Pourvu que ce soit un rat. Pourvu que ce soit un rat, chuchotai-je en comprenant qu'il m'était impossible de me cacher.

J'attrapai alors l'objet le plus gros et le plus solide que je trouvai — une agrafeuse — et je me faufilai hors du bureau.

— Tu es à peu près aussi discrète qu'un oiseau avec une seule aile, dit une voix grave et vaguement familière dans l'ombre.

Et puis Bouboule — je veux dire, Merlin — s'avança, ses yeux vert pâle émettant une étrange lueur surnaturelle.

— Que fais-tu ici? chuchotai-je avec force.

— Je sais que tu as quitté la maison pour t'éloigner de moi, dit-il en agitant la queue derrière lui.

— Quoi? C'est... non. Non, je n'ai pas fait ça. Euh, comment es-tu venu ici?

Il soupira en laissant échapper une odeur désagréable de lait qui avait tourné, à cause de la crème glacée que nous avions partagée plus tôt.

— J'ai utilisé la magie, évidemment.

— Oh, euh. Pourquoi? Je peux gérer les choses moi-même ici?

Je ne savais pas trop pourquoi c'était sorti sous forme de question. Je suppose que j'étais encore angoissée par le fait que mon patron soit mort et que mon chat sache parler.

— Mais bien sûr, ricana Merlin en se moquant de mon autonomie supposée, puis il secoua la tête et poursuivit. Écoute, peu importe la raison pour laquelle tu as tué ce Harold. C'est ton problème, pas le mien. Mais comme tu es mon familier maintenant, je vais devoir te demander d'arrêter de prendre des risques inconsidérés avec ta sécurité.

— Pardon? Je suis ton quoi?

— Mon familier. Tous les bons sorciers et sorcières en ont un, et tu as l'un des meilleurs en face de toi.

— Je ne veux pas être ton...

— Trop tard! Comme je t'ai confié mon secret, nous sommes maintenant liés. On ne peut pas revenir en arrière.

Ce félin irritant eut l'audace de sourire en annonçant cela.

J'eus soudain le tournis et je chancelai.

— Je suis désolée. Ça fait beaucoup. En outre, je n'ai pas tué Harold.

— Mais oui, bien sûr.

— Je ne l'ai pas fait ! C'est pour ça que je suis ici. Je cherche des preuves de la culpabilité de quelqu'un d'autre. Même si la meilleure option reste qu'il soit mort de cause naturelle.

— Ce n'est pas le cas, m'informa mon chat d'un ton pragmatique en reniflant l'air. Je perçois la rage et la malveillance dans cet endroit. C'est épais comme du brouillard.

Je levai un sourcil.

— Ah bon, alors sais-tu aussi qui l'a fait ?

— Aucune idée, mais il vaut sans doute mieux que tu laisses la police gérer ça. Tu auras largement assez à faire maintenant que tu dois apprendre les ficelles de ton rôle de familier.

— Je n'ai vraiment pas l'énergie pour ça, dis-je en faisant la moue avant de bâiller longuement.

Merlin toucha mon pied avec sa patte et un petit sursaut d'énergie me parcourut : un petit coup de fouet plus puissant qu'un double expresso.

Je m'arrêtai pour fixer mon compagnon félin, la bouche ouverte.

— Waouh, tu es vraiment magique. N'est-ce pas ?

— Oui, clairement.

Il leva les yeux au ciel, chose dont je pensais les chats incapables.

— Oh, et aussi, ne le raconte à personne.

— Je ne dirai rien, promis-je pendant que mes mains tremblaient de peur. À qui le dirais-je?

— Ce n'est pas mon problème, m'informa-t-il en se tournant pour s'éloigner. Mais si tu en parles, tu seras immédiatement transportée dans la prison magique la plus sale, la plus mal famée et la plus affreuse qui existe.

— Oh.

Mes mains tremblaient encore plus fort maintenant, et je laissai tomber l'agrafeuse. Un grand fracas résonna dans le café vide et mon cœur s'arrêta presque de battre.

Mon chat se retourna avec un rictus de mépris.

— Arrête de faire n'importe quoi. Tu me représentes maintenant, et je n'aime pas que l'on me fasse honte.

Argh. Qu'allais-je devenir?

5

uand nous rentrâmes à la maison, Merlin disparut dans l'obscurité, marmonnant au sujet d'une affaire de sorciers à régler et sur la suite de mon éducation de familier devant attendre le lendemain.

Je me laissai tomber sur le lit en une boule épuisée avec une prière désespérée pour que le lendemain soit différent.

Je me réveillai le lendemain matin à cause de coups frappés avec insistance à ma porte d'entrée. Quand j'entrouvris les yeux, je me rendis compte que le soleil était déjà bien monté dans le ciel. Normalement, mon chat me réveillait avant l'aube pour exiger que je lui remplisse son bol de nourriture, mais aujourd'hui il m'avait permis de dormir plus long-temps. Pourquoi?

Toc, toc.

Et qui essayait de forcer la porte d'entrée?

— Je sais que vous êtes là, cria la policière désa-gréable que j'avais rencontrée la veille.

Je poussai un grognement et je me forçai à sortir du lit, passant vite les mains dans mes cheveux en cherchant vainement à les dompter. Quand j'ouvris la porte, l'agent Dash fit un petit reniflement hautain et se fraya un chemin dans la maison.

— Oh, je vous en prie. Entrez, marmonnai-je en fermant la porte derrière elle. Café? proposai-je en marchant pieds nus vers la cuisine et en lâchant un énorme bâillement pour qu'elle puisse voir comme elle me dérangeait.

— Vous venez de vous réveiller, je vois, remarqua-t-elle en secouant la tête d'un air déçu. Vous dormez plutôt bien pour quelqu'un qui vient de commettre un meurtre. Je suppose que ça fait de vous une psychopathe.

J'ignorai son insulte exagérée et je me forçai à sourire.

— Voulez-vous du café, ou pas?

L'agent Dash leva une main.

— Pas pour moi. Merci.

Je soupirai et je lui tournai le dos en m'affairant à récupérer ma tasse préférée dans le lave-vaisselle. Je plaçai une capsule dans la Keurig afin qu'elle puisse commencer le cycle de passage du café.

Quand je me retournai à nouveau quelques minutes plus tard avec une tasse pleine de café dans les mains, je découvris qu'elle s'était mise à l'aise à ma table mal rangée.

Je posai ma tasse et j'attrapai les articles éparpillés que j'avais imprimés pour les recherches de mon mémoire, les organisant en une pile désordonnée juste hors de portée de l'agent.

Elle attendit que je m'installe et que je boive une merveilleuse gorgée avant de me bombarder avec la nouvelle qu'elle était venue annoncer.

— Le médecin légiste a maintenant confirmé que monsieur Harold Harris a été assassiné. Nous attendons toujours un bilan toxicologique complet, bien sûr, mais vous pourriez nous faire gagner beaucoup de temps en avouant tout de suite.

Je refusais d'entrer dans son jeu, malgré l'insistance avec laquelle cette inspectrice s'accrochait à ses fausses accusations.

— Je n'ai pas tué mon patron, grognai-je en serrant les dents.

— Mm-mm. C'est ce qu'ils disent tous.

— Je ne sais pas qui sont ces « ils », mais je dis la vérité à mon sujet.

L'agent Dash écarquilla les yeux et se pencha vers moi, ce qui devait être une tactique d'intimidation.

— Si vous ne l'avez pas tué, alors qui ? Hein ?

— Je n'en ai aucune idée. Je venais d'arriver quand il est tombé à la renverse, alors n'importe qui aurait pu venir et repartir sans que je le sache. Je ne sais même pas ce qui l'a tué, je ne peux donc pas émettre d'hypothèses.

D'accord, je manquais sans doute d'égards envers le défunt, mais toute cette histoire me causait bien trop de stress, beaucoup trop tôt dans la journée. Je voulais simplement que l'agent Dash accepte mon innocence et me laisse tranquille.

Elle devint encore plus frustrée, son front se mettant à luire de transpiration.

— N'avez-vous rien écouté ? La toxicologie, cela implique qu'il est question de poison. Nous attendons simplement les détails.

— Du poison, hein ? Eh bien, Harold avait à peu près tout le temps une tasse de café dans la main. Nous plaisantions souvent en disant qu'il avait monté son entreprise pour perdre moins d'argent à cause de cette habitude.

J'examinai mon café avec suspicion, puis je

décidai que je pouvais boire encore une longue gorgée. J'avais besoin de toute la caféine disponible pour supporter cette conversation.

L'agent Dash sortit un petit bloc-notes de sa poche et fit cliquer son stylo.

— Nous? Qui est ce nous?

Zut.

— Oh, euh. Juste les autres qui travaillent là-bas. Drake et Kelley sont les deux employés qui travaillent généralement en même temps que moi, mais il y en a d'autres également.

Elle m'étudia attentivement.

— Vous pensez donc que l'un de vos collègues a empoisonné monsieur Harris?

— Ce n'est pas ce que j'ai dit. Je n'en ai franchement aucune idée. Je suis aussi surprise par tout ceci que vous.

— Si le poison a été administré dans son café, alors vous, les trois baristas au travail à cette heure-là, aviez le plus de chance de commettre le crime, indiqua-t-elle en haussant les épaules d'un air pas du tout naturel.

Je secouai la tête.

— Je n'ai pas dit que Kelley ou Drake l'ont fait. Kelley était vraiment, vraiment bouleversée.

— Et Drake?

Au lieu de répondre, je bus une autre grande gorgée de café. Je ne voulais pas prouver mon innocence en jetant quelqu'un d'autre aux lions, et il n'existait pas de règle disant que je devais jouer au petit jeu de l'agent Dash. Quand je reposai ma tasse, l'agent Dash me fixait encore intensément.

Elle se leva et repoussa sa chaise contre la table.

— Si je découvre que le poison a été administré dans son café, vous pouvez être sûre que je reviendrai vous poser d'autres questions.

— Je n'ai pas tué Harold, mais je ferai ce que je peux pour vous aider à découvrir qui est le coupable, assurai-je sans grand enthousiasme.

Elle poussa un soupir.

— C'est aussi ce qu'ils disent tous, précisa-t-elle avec un sourire sarcastique. Je passerai le bonjour de votre part à votre ami Drake.

6

Quand l'agent Dash fut parti, j'enfilai un jean usé et un tee-shirt propre de mon panier à linge, je plaçai une autre capsule dans ma cafetière et j'attendis mon breuvage. Avant même d'avoir le temps de finir, Merlin arriva à toute vitesse par la chatière, comme un chat possédé.

— Viens, nous n'avons pas de temps à perdre! cria-t-il en courant en rond dans la cuisine, la queue basse.

— Que se passe-t-il? demandai-je d'une voix étranglée.

Je commençais peut-être à m'habituer à l'idée que mon chat savait parler, mais j'avais encore des difficultés à suivre tout son cinéma.

Il s'arrêta net, tomba sur le côté et miaula.

— Erreur ! Maintenant, nous sommes morts tous les deux.

— Morts ? Quoi ?

— Un familier devrait toujours être en phase avec son sorcier. Une réaction rapide pourrait très bien être la différence entre la vie et la mort, entre la liberté et la captivité, dit-il en me faisant la leçon depuis sa place sur le sol.

Je me frottai les yeux.

— Tu dois me donner un peu de temps pour me mettre au courant. Et me réveiller un peu.

Merlin baissa la tête et rit sèchement.

— J'ai mal choisi. Évidemment, il fallait que ça m'arrive.

— M'insulter ne va pas m'aider à apprendre plus vite, fis-je remarquer alors que les dernières gouttes de café atterrirent dans ma tasse avec un *plop* et un *plip*. Au fait, quand pourrai-je faire de la magie ?

Merlin partit d'un rire bruyant et hystérique en se roulant d'un côté à l'autre sur le sol en lino de la cuisine.

— De la magie ! Toi ? Hou, elle est bonne. Merci, j'avais besoin de rire.

— Ce n'est pas une plaisanterie. Tu m'as forcée à

participer à je ne sais quoi, la moindre des choses est que ça en vaille la peine pour moi.

— Oh, ma chère humaine adorable…

— Gracie, lui rappelai-je. J'ai un prénom, utilise-le.

— Gracie, cracha-t-il avant de froncer le nez sans gentillesse. Accepterais-tu de changer ça?

Je lui jetai un regard noir pendant qu'il se relevait sur ses pattes.

— Très bien, ce sera donc Gracie. Et non, tu ne pratiqueras pas la magie. Ça ne fait pas partie du rôle de familier.

Il s'avérait être encore plus pénible que l'agent Dash, ce matin.

— Dans ce cas, pourquoi as-tu besoin de moi?

— En plus de tes responsabilités précédentes consistant à remplir mon bol de nourriture et nettoyer ma litière, c'est maintenant à toi d'être mon visage.

Je le regardai, impassible.

— Quel est le problème? demanda Merlin en inclinant la tête sur le côté.

Je croisai les bras et je poussai un soupir.

— Que veux-tu dire par être *ton visage*? Ça ne veut strictement rien dire. Tu as déjà un visage.

— Je peux te l'expliquer en racontant une histoire.

Il était une fois ce type moche avec un long nez. Il aimait une femme magnifique, mais il avait peur qu'elle le rejette, alors il a conclu un marché avec un joli garçon sans cervelle pour...

— Es-tu en train de me raconter l'histoire de Cyrano de Bergerac ?

— Oh, c'est bien, tu la connais donc ?

— Et dans ce scénario, je suis ton — je levai les doigts pour faire des guillemets en l'air — joli garçon sans cervelle.

— Effectivement. Je veux dire, tu es un peu mieux que sans cervelle et un peu pire que jolie, mais l'un compense l'...

— Pardon, je ne peux pas supporter ça maintenant.

J'attrapai ma tasse de café fraîche et je marchai vers ma chambre, prête à lui claquer la porte au nez.

Merlin me suivit, trop rapide pour que je puisse fermer la porte sans renverser mon précieux café.

— Je suis désolé. J'ai oublié que vous autres les humains, vous êtes très sensibles à ce genre de choses. Je t'ai choisie parce que je pense que tu as ce qu'il faut.

— Pour être le visage sans cervelle de tes opérations ? demandai-je en grognant.

Soit Merlin ne perçut pas ma colère, soit il choisit de l'ignorer.

— Exactement. Je suis tellement content que tu le comprennes, maintenant.

— Je suis désolée, mais j'ai des projets plus intéressants dans ma vie.

Les yeux de Merlin eurent une lueur espiègle.

— Quels projets? dis-les-moi, je peux les réaliser.

Je le fixai d'un air interrogateur, craignant de lui demander plus de détails.

— Tu ne peux pas faire de magie, mais moi oui. Tu t'en souviens? Être un familier, c'est un travail important, mais pas sans compensation. De nombreuses personnes célèbres dans votre histoire humaine étaient secrètement des familiers.

Je croisai les bras en lui jetant un regard assassin.

— Vraiment? Qui, par exemple?

— Eh bien, pense à mon homonyme, dit-il avec un large sourire entre ses moustaches.

Je refusai de le croire.

— Merlin. Le magicien?

— Ha, il aurait bien aimé! Le Merlin que vous autres connaissez était en réalité le familier d'un chat sorcier extrêmement puissant. Il s'appelait également Merlin, ce qui rend les choses un peu confuses. Le Merlin humain voulait le pouvoir et la célébrité en échange de l'aide qu'il apportait à son chat. Mais il est devenu cupide et imbu de lui-même, ce qui est la raison pour laquelle le véritable Merlin l'a maudit de sorte qu'il vieillisse à l'envers. Pendant ce temps, il a trouvé un familier bien plus adapté sous la forme d'un nouvel humain qui s'appelait Arthur. Lui voulait seulement le pouvoir et le prestige dans le monde humain, ce qui était bien plus facile à gérer pour mon grand ancêtre.

— Merlin était donc un charlatan et le roi Arthur était juste le familier de quelqu'un ? résumai-je.

— Il n'y a pas de *juste* qui soit. Les familiers sont incroyablement importants. Nous autres les sorciers, nous faisons ce qu'il faut pour que vous restiez heureux.

Je levai un sourcil interrogateur.

— Je pourrais donc devenir la nouvelle Lady Gaga ?

— Il faudrait un peu de talent. Tu n'es peut-être pas née de cette façon, mais je peux faire en sorte que ça arrive.

Merlin marqua une pause et étira ses pattes.

— Est-ce ce que tu veux ?

— Non, c'était juste hypothétique, précisai-je vite.

— Attention, dans ce cas, car des souhaits de cette taille n'arrivent qu'une fois. Il y a beaucoup de petites choses que je peux faire régulièrement, mais les modifications qui changent vraiment la vie ne peuvent être conclues qu'une seule fois.

— Je garderai ça en tête, promis-je, ne croyant toujours pas tout à fait à toute cette histoire.

— Comme il se doit.

Merlin semblait satisfait, maintenant.

— Viens. Nous allons commencer.

7

ù allons-nous? demandai-je en suivant mon chat à travers la maison.

Cependant, au lieu de répondre, il passa par la chatière et sortit.

Je m'empressai de mettre une paire de tongs que je gardais près de la porte, puis j'ouvris la porte juste à temps pour le voir sauter dans le bassin des oiseaux et éclabousser partout. Je savais que les Maine coons aimaient l'eau, c'était néanmoins étrange de le voir s'amuser de cette façon. Dans mon monde, les chats étaient des chats : ils détestaient l'eau et ils ne savaient absolument pas parler.

— Je t'ai vu l'autre jour, dis-je en m'approchant prudemment. Hier, rectifiai-je.

Waouh, j'avais l'impression que ça faisait au moins une semaine.

Merlin arrêta d'éclabousser et me regarda par-dessus son épaule.

— Oui. Et qu'as-tu vu ?

— Tu as v-v-volé, bafouillai-je en serrant les bras autour de moi. À la suite d'un oiseau que tu voulais manger.

Merlin soupira.

— Tout d'abord, je ne voulais pas le manger. Ce type me devait de l'argent.

J'écarquillai les yeux.

— De l'argent ?

— Oui, de l'argent.

Il sourit alors.

— Deuxièmement, je voulais que tu me voies. C'était un test.

— Un test ?

Je fus parcourue de frissons, même si la matinée était déjà lumineuse et chaude.

Merlin leva les yeux au ciel.

— Arrête de répéter tout ce que je dis sous forme de question.

Il me fixa, attendant je ne sais quoi.

Je déglutis et je hochai la tête, toujours bloquée

sur le fait que mon chat utilisait de l'argent et qu'un oiseau du quartier lui en devait.

— Il fallait que je voie comment tu allais réagir en apercevant la magie pour la première fois. Certains humains ne peuvent pas tout à fait le supporter.

— Et moi oui ? J'ai bien réagi, je veux dire ?

Mon chat me dévisagea de la tête aux pieds avant de faire un petit sourire satisfait.

— Tu es toujours debout. C'est un bon début.

— Qu'aurait-il pu se passer ? demandai-je, assez fâchée qu'il me mette consciemment en danger.

— Tu aurais pu perdre l'esprit, dit-il simplement. Ça arrive souvent. C'est pour cette raison qu'il faut toujours faire preuve d'une extrême prudence en sélectionnant et en testant un familier.

— Alors, tu brises mentalement les gens ?

Il me fallut faire de gros efforts pour ne pas crier. Nous nous trouvions dehors au milieu d'une rue du quartier. Si quelqu'un passait et me voyait non seulement parler — mais me disputer — avec mon chat, on allait sonner à ma porte à midi, me mettre une camisole de force et m'enfermer avant de jeter la clé.

Mon chat resta calme, nonchalant, comme si nous discutions de banalités et pas des faits très réels de nos vies.

— Oui, tout le monde n'est pas capable de gérer l'existence de la magie. C'est une triste vérité.

Merlin se redressa et bomba le torse.

— Quoi qu'il en soit, je suis ravi que tu sois encore avec moi.

— Ai-je le choix ?

Il gloussa.

— Non.

— C'est bien ce que je pensais.

— Approche-toi, exigea mon chat et je fis immédiatement ce qu'il demandait.

— Que se passe-t-il ? Que faisons-nous ? demandai-je, mal à l'aise alors que nous étions au milieu de mon jardin et que nous continuions à bavarder en plein jour.

Sérieusement, pourquoi ne pouvait-il pas faire ça à l'intérieur ?

— Comment être un familier, première leçon ! déclara-t-il avec fierté avant de se déplacer vers le bord du bassin aux oiseaux, dans un équilibre un peu précaire. Protège le chaudron à tout prix.

— C'est un abreuvoir à oiseaux, fis-je remarquer.

Il leva la patte et se frappa le front.

— C'est un chaudron. La source de mon pouvoir et plus largement ma connexion à la communauté magique. Sans lui, je suis un sorcier en errance. Pas du tout un sorcier sérieux.

Je regardai tour à tour le bassin et lui.

Merlin soupira.

— Leçon numéro deux, crois tout ce que je dis sans le remettre en question. Par exemple, ceci est un chaudron. Dans l'ancien temps, les sorcières utilisaient des pots noirs géants. Mais à l'époque moderne, nous nous servons d'autres objets courants auxquels il est facile d'accéder pour un sorcier, mais qui passent largement inaperçus par les autres. Regarde.

Il marcha vers le centre de la petite fontaine et plongea sa patte dedans. La fine couche d'eau se mit immédiatement à luire d'une couleur vert pâle, assez proche de la couleur des grands yeux de Merlin.

— Waouh, dis-je, le souffle coupé de surprise.

Merlin tapota l'eau à nouveau et elle reprit son apparence normale.

— C'est pour cette raison que nous autres les chats, nous choisissons d'adopter les humains. Il n'y a aucun endroit sûr dans la rue. Nous avons besoin d'une apparence de domesticité pour protéger nos secrets. Et aussi de l'obscurité de la nuit. Naturellement, nous préférons le faire pendant la journée, mais il est plus facile de cacher nos véritables habitudes quand la plupart de vous autres les humains êtes couchés dans vos lits.

Je hochai la tête. Tout ce qu'il me disait semblait logique, maintenant que j'y réfléchissais. Tout sauf...

— Pourquoi as-tu besoin d'argent? demandai-je, toujours bloquée sur sa révélation au sujet de ce pauvre rouge-gorge qui lui devait des sous.

— Tu es toujours coincée dans les concepts de ton propre monde. Dans le mien, nous... MIAOU!

— Hein?

Je tournai la tête pour voir ce qu'il regardait et j'aperçus une voisine faisant de la marche sportive tout près de là.

Elle sourit et me salua de la main et j'aurais pu jurer la reconnaître. Je ne savais simplement pas où je l'avais déjà vue.

Mais elle disparut alors aussi vite qu'elle s'était approchée.

Je me retournai vers mon chat, dont la queue s'agitait follement en pendant du bassin aux oiseaux.

— Méfie-toi de celle-là, grogna-t-il.

— Quoi? Pourquoi? Elle m'avait l'air assez gentille.

Il sourit avec mépris en fixant la direction où avait disparu la femme.

— Tu te souviens de la leçon numéro deux?

— De croire tout ce que tu dis ?

— Oui. C'était Virginia. Elle est le familier d'une sorcière très pénible vivant de l'autre côté de la ville. Luna, expliqua-t-il sèchement.

— Est-elle venue nous espionner ?

Merlin sauta de la fontaine.

— Ça ne m'étonnerait pas de sa part. Heureusement, le chaudron est protégé des autres pratiquants de la magie et de leurs familiers. Viens. Retournons à l'intérieur où nous ne pourrons pas être surveillés par ceux qui peuvent nous vouloir du mal.

Du *mal* ? Apparemment, j'avais seulement survécu à la première de nombreuses épreuves en rejoignant mon chat dans son monde magique, ce qui laissait une question tournant en boucle dans ma tête : POURQUOI MOI ?

8

— Nous allons chez Luna, annonça Merlin dès que j'eus soigneusement refermé la porte derrière nous.

Bien sûr, ça ne me plaisait pas du tout.

— Quoi? Pourquoi? râlai-je.

Malheureusement, Merlin resta intraitable.

— Si elle nous espionne, ça signifie qu'elle a elle-même probablement quelque chose à cacher.

— Nous allons entrer par effraction en nous basant sur un « probablement »? Au cas où tu ne l'aurais pas remarqué, je suis déjà soupçonnée dans une enquête pour meurtre! explosai-je, et je devais admettre que c'était agréable de crier après avoir travaillé si dur à me retenir.

— Leçon numéro deux, me rappela-t-il encore, et je savais déjà que cette leçon allait être celle que j'aimais le moins, peu importe ce qui suivait.

Je soufflai en croisant les bras. Il ne pouvait pas m'obliger à faire ce que je ne voulais pas... N'est-ce pas ?

Merlin se radoucit un peu.

— Écoute, je sais que tout ça est nouveau pour toi, mais tu dois me faire confiance. Je vais te protéger. Et pour l'instant, te protéger signifie m'assurer que Luna ne tente pas quelque chose pendant que je travaille à former mon nouveau familier. Nous sommes tous les deux incroyablement vulnérables en ce moment, ce qui signifie que nous devons être vigilants.

Il marqua une pause pour inspirer, puis il recommença d'un ton encore plus sombre.

— Tu penses que la prison humaine est effrayante ? Elle n'arrive pas à la cheville de l'horreur que représente une prison magique. Si Luna nous dénonce, nous irons tous là-bas sans aucun espoir d'en sortir un jour. Si tu es conduite dans une prison humaine, je peux te faire sortir en un clin d'œil et t'aider à créer une nouvelle identité. Crois-moi, le meurtre de ce Harold est le cadet de tes soucis en ce moment.

— D'accord, dis-je, trop fatiguée pour continuer à

argumenter et trop effrayée pour en apprendre davantage sur les répercussions possibles si je ne réussissais pas tout de suite dans mon rôle de familier.

Il m'examina avec ses yeux verts curieux et demanda :

— D'accord, quoi ?

— J'ai confiance en toi, dis-je en priant pour ne pas avoir à regretter cette affirmation.

— Vraiment ? Je m'attendais à ce que tu me contredises plus longtemps.

Je haussai les épaules.

— À quoi ça servirait si nous finissons de toute façon par faire ce que tu veux ?

— Je suis content de voir que nous sommes d'accord.

Merlin hocha la tête avant de cligner deux fois lentement des yeux.

J'avais dû cligner des paupières également, car une seconde nous étions debout à côté de ma cuisine, et la suivante, je me retrouvai sous l'ombre d'un magnolia inconnu près d'une petite maison de style ranch avec un jardin soigneusement entretenu.

Je fis un pas en arrière et je m'appuyai contre l'arbre pour ne pas tomber.

— Que... qu'est-il arrivé ?

Merlin s'avança vers moi et ricana.

— Ta première téléportation. C'est trop mignon.

— Téléportation ? chuchotai-je au cas où quelqu'un se trouvait à proximité. La prochaine fois, préviens-moi, s'il te plaît.

— Non, dit-il fermement. C'est bien plus facile si tu ne sais pas que je vais le faire.

Je poussai un grognement et je serrai ma tête entre les mains. En réalité, c'était plus pour l'effet dramatique, car même si j'étais complètement abasourdie, je me sentais très bien.

— Où sommes-nous ?

— Chez Luna. Viens.

Merlin se détourna de moi et commença à trotter vers l'arrière de la maison toute proche, tenant sa queue touffue et rayée bien droite.

— Attends. Comment allons-nous entrer ? demandai-je.

Merlin se contenta de courir plus vite, puis il sauta dans une jardinière remplie de belles jonquilles.

Je me faufilai à sa suite, avançant d'abord à travers l'herbe douce et spongieuse avant de me retrouver tout à coup sur un parquet lisse. Super, maintenant nous étions dans la maison.

— Arrête de faire ça, sifflai-je.

— Arrête de te plaindre, siffla-t-il à son tour, et aide-moi à chercher.

— À chercher quoi? dis-je en observant le décor douillet.

La propriétaire de Luna — ou son familier, je suppose — devait aimer les motifs floraux. Tout en était couvert. J'étais à peu près certaine d'avoir un jour vu exactement le même motif que celui du canapé sur une célébrité de deuxième classe enceinte. En plus du tissu floral, des rideaux et du décor, plus d'une douzaine de vases de fleurs fraîchement coupées emplissait la maison modeste.

Je ne pus m'empêcher d'éternuer en réaction.

— Luna est une sorcière des jardins, expliqua Merlin quand il me vit écarquiller les yeux.

— Quelle sorte de sorcier es-tu? demandai-je, bouche bée.

D'abord j'apprends que les sorciers existent, puis je découvre qu'il y en a de toutes sortes.

— Du ciel, m'informa-t-il tranquillement.

J'avais la tête qui tournait à cause de toutes les nouvelles informations qui me parvenaient les unes à la suite des autres.

— Pardon? dis-je d'une petite voix.

Je ne pouvais pas laisser passer cette donnée sans demander au moins une explication rapide.

— Je suis assez bien dans tous les domaines, mais ma spécialité se rapporte aux choses qui viennent du ciel. Tu sais, le vent, l'eau, la glace. Parfois un peu de foudre, si je suis d'humeur.

Enfin, une partie de tout ça commençait à faire sens.

— Oh, alors vous êtes tous élémentaires ? Comme dans Pokémon.

Il se renfrogna immédiatement.

— Non, pas comme dans un jeu vidéo pour enfants.

— Si, en réalité, je pense que oui. Luna est une sorcière des jardins, alors ce sont les plantes et la terre, n'est-ce pas ? Elle est donc de type plante et sol, récitai-je, ravie que les nombreuses heures passées à jouer à Pokémon Go servent à autre chose qu'à faire mes pas quotidiens. Et toi tu es de type eau, vol et glace, alors vous devez être de force égale. Je te suggère d'utiliser tes pouvoirs de glace au combat.

— Ceci n'est pas un jeu, il n'y a pas de combat. Maintenant, arrête de bavarder et aide-moi à chercher tout ce qui te paraît suspect.

— Comme ça ? demandai-je en indiquant un vieux carnet en cuir ouvert sur la table basse.

— Non, commença Merlin, mais quand il se retourna pour voir ce que je montrais, ses yeux s'illuminèrent. En réalité, si. Bien joué. Maintenant, attrape le livre et sortons de là avant que quelqu'un remarque notre intrusion.

Eh bien, il n'avait pas besoin de me le dire deux fois. Je me précipitai vers le carnet aussi vite que mes pieds en claquettes voulaient bien me porter, plus que prête à rentrer chez moi.

9

Merlin cligna des paupières une fois, et je me préparai à un autre trajet inquiétant par téléportation. Cependant, avant qu'il puisse cligner des yeux une deuxième fois, un vase de fleurs près se brisa près de lui et les tiges piquantes volèrent vers mon chat, le coinçant sur place.

— Tiens, tiens, tiens...

Une voix rauque féminine flotta vers nous depuis la porte d'entrée. Je n'avais entendu personne arriver. Comment avions-nous pu être aussi imprudents ?

J'étirai le cou, trop effrayée pour bouger le reste de mon corps, et j'aperçus un long chat blanc qui me fixait avec des yeux d'un vert très vif.

— Luna, grogna Merlin. Que veux-tu ?

Elle s'avança vers lui et tourna lentement autour de son rival emprisonné.

— Je pense que c'est moi qui devrais poser les questions ici, puisque tu es celui qui est entré dans ma maison.

— Je ne te dois rien, cracha Merlin avant de siffler.

Pendant que les deux félins continuaient à argumenter, je rangeai soigneusement le journal intime que nous avions trouvé dans la ceinture de mon pantalon.

— Pourquoi ton familier se trouvait-il près de ma maison ? demanda Merlin.

Il semblait si pathétique dans sa cage de tiges et de pétales de fleurs.

— Pourquoi ton familier est *dans* ma maison ? Nous pouvons faire ça toute la journée, Bouboule.

Elle caqueta méchamment, ne laissant aucun doute quant à celle qui avait le rôle de la méchante sorcière dans ce scénario.

— Il s'appelle Merlin, rectifiai-je avec colère avant d'essayer d'attraper le chat blanc.

Même si je ne pratiquais pas la magie, je faisais presque soixante-huit kilos de plus que ce minou maigrichon. Je pouvais certainement le maîtriser.

Mais non. Luna s'échappa de mes bras tendus et se retourna pour siffler dans ma direction.

— Je ne te dirai ça qu'une seule fois, alors prends garde de bien écouter, avertit-elle en faisant le dos rond et en ébouriffant sa queue.

— Si jamais tu entres encore par effraction dans ma maison, je ne serai pas aussi magnanime.

Je déglutis, choisissant de ne pas faire remarquer que nous étions entrés par téléportation, et qu'il n'y avait pas eu d'effraction du tout.

Luna s'avança en sortant les griffes.

— Tu es stupide ou quoi ? Sortez d'ici !

Inutile de me le dire deux fois. Je ramassai Merlin avec sa cage piquante et je filai par la porte d'entrée. Une fois dehors, je courus vers la route que j'apercevais tout juste, au loin. Le grand jardin de Luna était situé à l'intersection de deux rues. J'essayai de lire les panneaux en m'approchant, mais je luttai pour les distinguer clairement.

Persimmon, lus-je lorsque mes pieds entrèrent en contact avec le trottoir. Maintenant que nous avions quitté la propriété de Luna, les piquants et les fleurs qui retenaient Merlin tombèrent.

Il bondit de mes bras, s'ébroua, cligna des yeux une fois, puis deux... Et nous fûmes de retour à la maison.

— Tout ça pour rien, miaula-t-il en avançant vers son bol d'eau pour boire quelques gorgées rafraîchissantes.

— Pas pour rien, révélai-je en sortant le carnet volé de mon pantalon pour le montrer.

— Gracie ! s'exclama mon chat. Gentille fille. C'est très bien.

Je profitai de ces compliments malgré son ton déshumanisant.

— Je comprends pourquoi tu n'aimes pas tellement Luna, ajoutai-je doucement. Ou le nom Bouboule. Je suis désolée.

— Elle m'aurait tué si tu n'avais pas été là, dit-il en haussant nonchalamment les épaules. Elle est comme ça depuis que je l'ai larguée pour prendre ma place de véritable sorcier.

Je levai les mains en l'air et je reculai d'un pas.

— Wow, wow, wow. Reviens en arrière.

Merlin se détourna mais il me regarda de côté.

— Un chat ne devient un vrai sorcier que lorsqu'il prend un familier.

— Pas cette partie-là. Celle où tu l'as larguée ? clarifiai-je en me demandant pourquoi il ne m'avait pas parlé de son passé avec Luna avant notre intrusion chez elle... et mon vol du carnet.

Merlin bâilla et étira paresseusement ses pattes arrière.

— Ah, oui. Nous étions ensemble. Ce n'est pas important.

— À vrai dire, j'ai l'impression que c'est très important, rectifiai-je en espérant qu'il m'en raconte davantage.

— Ce n'est pas de ma faute si les règles stipulent que deux sorciers ne peuvent pas vivre sous le même toit. C'était très bien quand j'étais un chat errant, mais les choses changent. Il n'y avait pas moyen que j'abandonne mes merveilleux pouvoirs pour une amourette. Non. Quoi qu'il en soit... Inutile de remuer le passé alors que nous devons nous inquiéter pour notre avenir. Maintenant, montre-moi le livre, ordonna Merlin sans autre pensée pour son ancienne relation amoureuse.

Je marchai d'un pas lourd vers le canapé et je posai le journal sur mes genoux afin que nous puissions le lire ensemble.

— C'est quoi, tout ça? demandai-je en plissant les yeux pour examiner les étranges symboles saupoudrés de croquis de faune et de flore.

— Il semblerait que c'est un grimoire. Pas son grimoire principal, cela dit, mais un nouvel élément sur lequel elle travaille.

— Un livre de sorts? Tu en as un, toi aussi?

Il hocha la tête en continuant à étudier la page.

— J'en ai beaucoup, mais je ne les laisserais jamais traîner au grand jour.

— Où sont-ils? songeai-je à voix haute.

— Il s'agit d'une information privilégiée, c'est-à-dire que je n'informe que les personnes qui ont besoin de le savoir. Et tu n'as pas besoin de le savoir maintenant.

— Ouille. D'accord.

Merlin marmonna en feuilletant les pages, pas du tout gêné de m'avoir vexée.

— Alors, qu'avons-nous là? demandai-je après avoir regardé, attendu, et rien compris du tout.

— Elle développe une nouvelle potion. Une potion puissante. Mais elle ne semble pas être arrivée au bout, pour l'instant.

Je fixai le livre avec plus d'attention, mais je ne comprenais toujours pas un traître mot.

— Pour faire quoi?

— Je ne le sais pas vraiment. Ce sont des choses de sorcières des jardins. Elles aiment les concoctions. Moi? Pas tellement.

— Penses-tu qu'il pourrait s'agir d'un poison? m'enquis-je en pensant au pauvre Harold.

Oui, il était peut-être avare et désagréable, mais il ne méritait certainement pas d'être assassiné pour cette raison.

Merlin considéra immédiatement ma suggestion et réfléchit à voix haute.

— Penses-tu que Luna serait à l'origine de la mort de Harold ?

Je hochai la tête.

— Oui. Je veux dire, pourquoi pas ? Nous n'avons pas vraiment d'autres suspects logiques.

Merlin referma le carnet d'un seul coup.

— C'est une théorie très intéressante. Elle a peut-être essayé de t'atteindre, mais elle a tué Harold à la place.

Je poussai un petit cri, inconsciente du danger que j'avais couru tout ce temps. Que je courais encore.

— Elle ferait ça ? Elle me tuerait ?

— Évidemment.

Merlin bâilla comme si cette conversation importante l'ennuyait.

— Luna est très dangereuse et elle m'en veut, ce qui signifie qu'elle t'en veut aussi, maintenant.

— Tu n'aurais peut-être pas dû lui briser le cœur dans ce cas, maugréai-je en ajoutant un élément de plus à la longue liste des raisons pour lesquelles j'étais très contrariée par mon chat.

Si seulement j'avais adopté un chien...

10

Je dois partir au travail, dis-je avant d'avancer d'un pas traînant vers la douche.

Nous avions passé la majeure partie d'une heure à contempler ce grimoire volé et nous n'avions toujours aucun résultat. Enfin, sauf mes pauvres nerfs éprouvés.

— Si Luna est si dangereuse, nous devrions peut-être lui rendre ce carnet, criai-je à Merlin avant de fermer la porte et de profiter d'un moment de solitude dont j'avais bien besoin.

Il sembla suivre mon conseil, car quand j'eus fini de me préparer, le carnet et lui avaient disparu.

Franchement, je ne savais pas si l'on s'attendait à ce que je me rende au travail ce jour-là, étant donné toute l'affaire de la scène de crime, mais je décidai qu'il valait mieux essayer de faire honneur à mes responsabilités envers feu Harold.

Quand j'arrivai au café, je découvris qu'il était toujours fermé par les scellés de la police, mais que ma collègue Kelley se trouvait à l'intérieur.

J'entrai également.

Kelley leva brusquement la tête depuis sa place derrière le comptoir à pâtisserie en verre.

— Oh, bonjour, Gracie, dit-elle en fronçant les sourcils.

— Tiens-tu le coup ? demandai-je doucement en venant me placer à côté d'elle.

Elle haussa les épaules.

— Honnêtement, je ne sais pas.

Je regardai ses mains, mais elles étaient vides. En fait, Kelley semblait ne rien faire d'autre que rester plantée là, dans une sorte de transe de chagrin.

Elle avait été bouleversée quand nous attendions la police la veille, mais j'avais supposé que c'était une réaction à chaud. Si c'était possible, elle semblait encore plus anéantie aujourd'hui.

Je me sentis coupable de ne pas avoir passé de temps à regretter Harold. À la place, j'étais trop focalisée sur mon inquiétude concernant mon éventuelle inculpation pour meurtre.

Même si Harold avait été un mauvais patron, je voulais néanmoins être quelqu'un de bien. Si j'aidais Kelley maintenant, cela compensait-il mes défauts précédents?

— Oui, c'est dur, dis-je en gardant les yeux baissés. Il n'était peut-être pas le meilleur patron, mais il était quand même une personne que nous connaissions.

Kelley sanglota entre ses mains.

— Pas moi. Je le connaissais à peine. Pas encore. Je pensais que nous aurions plus de temps.

Je ne connaissais pas très bien Kelley non plus. Je n'avais pas remarqué qu'elle voulait davantage qu'une simple relation de travail. Avait-elle eu besoin d'amis et avions nous été trop occupés pour nous en rendre compte? Si c'était le cas, je me sentais très mal.

Kelley travaillait au café depuis environ un mois seulement. C'était une gentille fille qui avait récemment eu son diplôme du lycée et qui avait déménagé dans notre région pour une année sabbatique. Je m'étais toujours demandé pourquoi elle avait choisi de venir vivre en Géorgie rurale plutôt que de voyager en Europe, mais qui étais-je pour juger? Elle avait peut-être hérité d'une maison, comme moi. J'aurais pu lui poser la question, cependant. J'aurais dû lui demander.

Je posai une main hésitante sur son épaule.

— Crois-moi, dis-je avec un petit sourire. Tu ne rates pas grand-chose.

Elle se tourna vers moi avec des yeux tout rouges.

— Et pourtant… j'ai passé toute ma vie à me poser des questions sur lui, à imaginer comment ça allait se passer quand j'allais enfin le rencontrer en face à face, et maintenant je n'aurai jamais l'occasion de former une véritable relation.

Cette révélation m'écrasa comme un tas de briques tombées du ciel.

— Kelley, Harold était-il… ?

— Mon père, termina-t-elle en tirant un mouchoir froissé de sa poche. Il est sorti avec ma mère il y a longtemps. Quand elle a découvert qu'elle était enceinte de moi, ils avaient déjà rompu et il avait déménagé.

Je la serrai dans mes bras.

— Je suis tellement, tellement désolé.

Elle essaya de sourire, sans réussir.

— Je suppose que je n'étais pas faite pour avoir un père. Je suppose aussi qu'il n'y a plus aucune raison pour moi de rester ici. Je n'aurais jamais dû venir. Cet agent de police dit que mon père a été assassiné. Et si d'une façon ou d'une autre, c'était de ma faute ?

— Oh non, ma chérie. Ce n'était certainement pas de ta faute, la rassurai-je.

Kelley ne fut pourtant pas rassurée si facilement.

— Penses-y, dit-elle en fronçant les sourcils de frustration. J'arrive en ville et un mois plus tard, il est mort. Ça ne peut pas être une coïncidence.

— Bien sûr que c'est une coïncidence. C'est horrible, mais ce n'est absolument pas de ta faute. Tu n'es pas responsable des décisions de tes parents, et tu n'es certainement pas responsable de la mort de Harold.

Elle me regarda avec de grands yeux.

— Tu es sincère ?

Je hochai vivement la tête.

— Oui, tout à fait.

Kelley se hasarda enfin à sourire.

— Merci.

— Si tu as un peu de temps, je peux te raconter des histoires sur lui.

Son sourire devint plus grand et plus lumineux.

— Vraiment ?

— Oui. Ce n'est pas comme si nous étions ouverts aux clients. Attrape de quoi grignoter et installons-nous pour bavarder.

— Je vais nous préparer des lattes *pumpkin spice*, proposa Kelley.

— Et je vais aller chercher de quoi manger !

Je me dirigeai vers la salle de congélation et j'attrapai du cake à la banane « fraîchement préparé » pour le faire décongeler. Quand je ressortis, Kelley me fit signe de m'asseoir pendant qu'elle finissait de préparer les boissons.

— Tu sais, me dit-elle en venant me rejoindre dans l'unique box. Ma mère m'a dit que j'étais folle de venir ici. D'essayer d'apprendre à le connaître. J'aurais sans doute dû l'écouter. J'aurais au moins pu imaginer comment il était, ce qu'il pouvait être en train de faire. Plutôt que de savoir qu'il était mort.

Et c'est ainsi que commença une conversation qui mettait très mal à l'aise.

Enfin, pour moi, du moins.

11

Je pinçai les lèvres et je hochai la tête pendant que Kelley donnait un petit aperçu de son histoire de famille. Tout l'objectif de cette conversation était que je l'aide à mieux connaître feu son père, mais si elle en savait plus qu'elle ne l'imaginait? Et si Kelley avait des connaissances particulières sur la vie de Harold servant à indiquer son tueur?

Elle avait certainement fait plus attention à ses allées et venues que moi.

Mais ma jeune collègue était déjà si perturbée par sa mort que ça ne me semblait pas bien d'insister pour qu'elle me donne des informations. Cela risquait d'empirer la situation pour elle.

Et pourtant, si personne ne découvrait qui avait

tué Harold — et vite — je risquais de finir par porter le chapeau. Quand je pensais aux choses de cette façon, la voie à suivre était évidente.

Je me raclai la gorge et je baissai les yeux.

— Ton père et ta mère se sont-ils séparés en mauvais termes ? demandai-je en ne voyant d'autre choix que de l'orienter doucement, tout en espérant que ça se passe pour le mieux.

Kelley soupira et voulut attraper un des morceaux de cake à la banane et aux noix, mais quand elle se constata qu'il était encore congelé, elle le reposa sur l'assiette et plaça ses mains autour de son gobelet.

— Maman m'a dit que si elle ne le revoyait jamais, c'était déjà trop, murmura-t-elle.

— À ce point, hein ?

Kelley s'appuya contre le dossier de sa banquette et laissa sa tête tomber sur le coussin en vinyle usé.

— Oui.

— Ai-je déjà parlé de la première fois que j'ai rencontré Harold ?

Kelley secoua la tête et écarquilla les yeux.

— Non, mais s'il te plaît, raconte.

— Eh bien, je venais pour mon entretien d'embauche. J'étais en retard. Et quand je suis arrivée, je l'ai trouvé assis dans son bureau à faire de la paperasse tout en chantant cette chanson du Fantôme de l'Opéra.

Kelley se redressa et laissa échapper un petit gloussement.

— Tu rigoles !

— Je t'assure. Et ce n'est pas tout…

Je racontai les quelques souvenirs agréables que j'avais de mon ancien patron, et Kelley s'avéra être un public captivé. Quand nous eûmes vidé nos gobelets de café, je n'avais plus d'histoires à relayer. De plus, le cake à la banane était enfin décongelé.

J'en saisis un morceau et je hochai la tête vers Kelley avant de prendre une énorme et exquise bouchée. Hé, même s'il n'était pas fraîchement préparé, il était tout de même absolument délicieux.

— Alors, que penses-tu faire maintenant ? demandai-je pendant que Kelley retirait toutes les noix de son cake et les mettait une à une dans sa bouche.

— Ma mère est en route pour passer me chercher et me reconduire à la maison, révéla-t-elle avec une grimace.

— D'où vient-elle ? demandai-je sur le ton de la conversation, même si je ne manquai pas de remarquer que Kelley semblait ennuyée par la visite prochaine de sa mère.

— L'Ohio.

— Sans rire.

Je tendis le bras et je lui donnai une légère tape sur la main.

— Je viens du Michigan.

— Nous sommes des ennemies naturelles, me taquina Kelley en faisant référence à la grande rivalité de nos États d'origine.

En réalité, le fait que nous venions toutes deux du Midwest signifiait que nous avions plutôt des choses en commun.

Je voulais en apprendre plus sur sa mère, au cas où elle était suspecte dans cette enquête, mais je devais faire attention à ne pas trop insister. Avec un peu de chance, ce moment plus léger allait m'aider à faire avancer mon interrogatoire. Encore une fois, je ne voulais surtout pas enfoncer Kelley alors qu'elle était déjà à terre. Je voulais encore moins aller en prison pour un crime que je n'avais pas du tout commis.

— Ta mère doit être heureuse que tu rentres à la maison, hein ? tentai-je en me léchant le pouce avant de le poser sur les miettes éparpillées sur mon assiette.

— Oui, admit Kelley en prenant enfin une vraie bouchée de son dessert. Comme je l'ai dit, elle ne voulait pas que je vienne. Elle a dit que la seule bonne chose que mon père ait faite de sa vie, c'était de lui donner ma naissance.

Elle sourit timidement.

— Pourquoi ont-ils rompu ? Te l'a-t-elle dit ?

— Elle ne voulait pas gâcher mon image de lui. C'est assez ironique, hein ? Elle a simplement dit de la croire et de faire attention.

Cela me rappela la règle numéro deux du travail de familier pour Merlin : faire tout ce qu'il disait sans poser de questions.

— Je sais que ça ne s'est pas bien terminé, mais je pense que c'est vraiment bien que tu aies pu avoir l'occasion de le rencontrer, suggérai-je avec un petit sourire.

Kelley renifla et secoua la tête.

— Je ne sais pas.

— Tu finiras par le voir, dis-je comme si je parlais d'expérience.

— Tu as sans doute raison.

Elle haussa les épaules et s'appuya contre la banquette en fermant les yeux.

— C'est juste que tout est encore si récent. Je ne sais pas si je saurai supporter le fait que ma mère le dénigre avant même qu'il soit enterré.

— Oui, c'est dur.

J'eus soudain une idée qui pouvait nous aider toutes les deux.

— Tu sais quoi, si elle t'embête trop, viens me voir. Dis-lui que nous avions déjà prévu quelque chose avant tout ça. Je peux servir de tampon entre vous.

Kelley ouvrit les yeux et me fixa, stupéfaite, avant de dire :

— Waouh. Merci, Gracie. Tu es si gentille.

— Tu mérites une amie en ce moment, et je suis prête à parier que tu en as besoin.

Je poussai mon téléphone vers elle.

— Tiens, entre ton numéro de téléphone et je t'enverrai mon adresse par texto.

Gracie s'empressa de le prendre et composa son numéro. Ce faisant, j'entendis frapper à la porte du café.

Je jetai un coup d'œil et je reconnus immédiatement la silhouette de la dernière personne que je voulais voir.

L'agent Dash était venu nous rendre visite.

12

Dès que nous entendîmes frapper, Kelley bondit de sa banquette pour laisser entrer la policière.

L'agent Dash eut un petit sourire narquois en me voyant.

— Ça ne m'étonne pas que vous soyez ici, précisément là où vous ne devez pas être.

— Nous devions travailler aujourd'hui, expliqua Kelley en venant à ma rescousse.

Maintenant que j'apprenais à mieux la connaître, elle me plaisait vraiment.

— Eh bien, je suis désolée de vous le dire, mais ce café est fermé jusqu'à nouvel ordre.

Dash ne semblait pas désolée du tout. Absolument pas.

— Savez-vous environ jusqu'à quand? demandai-je en rassemblant les deux assiettes vides et en les ramenant jusqu'au petit évier que nous utilisions pour tout nettoyer.

Les yeux de Dash me suivirent, scrutant chacun de mes mouvements.

— Pas avant la fin de notre enquête et l'organisation de la succession de Harris par son avocat.

— Savez-vous par hasard qui s'occupe de son testament? demanda Kelley en faisant passer ses cheveux derrière ses oreilles et en baissant le regard.

Eh bien, je n'étais pas la seule à être intimidée par cette policière bourrue.

— Ce sont des affaires de famille, aboya l'agent Dash en jetant seulement un court regard à Kelley avant de me fixer à nouveau.

— Je sais, marmonna Kelley en examinant ses chaussures. Je suis sa fille.

— Si vous êtes concernée, son avocat vous contactera, expliqua l'agent avec un regard dur. Comment se fait-il que vous n'ayez pas parlé tout de suite de votre relation avec le défunt?

Kelley secoua la tête.

— Je suis encore un peu sous le choc.

— Ils ne se sont pas fréquentés pendant longtemps, intervins-je. Elle ne l'a rencontré que très récemment.

— C'est intéressant.

L'agent Dash sortit son petit carnet de notes et y écrivit quelque chose.

— Ça vous gêne de m'accompagner au poste pour quelques questions ?

Kelley écarquilla les yeux, horrifiée.

— Est-ce vraiment nécessaire ? argumentai-je en me plaçant devant Kelley comme pour la protéger. Ne voyez-vous pas comme elle est déjà bouleversée ?

— Oh, ai-je blessé votre amie ? demanda-t-elle avec un sourire cruel. Que je suis bête, j'essayais simplement de livrer un meurtrier à la justice !

L'agent Dash tapa du pied et Kelley posa ses doigts tremblants sur mon bras.

Je me tournai vers ma jeune collègue effrayée.

— Tu n'as rien fait de mal, ce qui signifie que tu n'as rien à cacher. Même elle va le comprendre, dis-je en désignant l'agent Dash très grincheux d'un mouvement du pouce.

— Tu restes ? supplia Kelley.

— Je dois interroger chaque suspect séparément, nous informa la policière.

Kelley eut le souffle coupé.

— Suspect ?

— Écoute, elle est un peu brutale… enfin, très. Mais elle ne peut rien te faire. Tu as mon numéro maintenant, tu peux m'appeler chaque fois que tu en as besoin. Quelle que soit la raison.

Kelley hocha la tête et je fis un pas sur le côté.

— Avez-vous déjà fait un tour à l'arrière d'une voiture de police ? demanda l'agent Dash d'un air amusé, poussant Kelley à se recroqueviller à nouveau.

— Ça suffit, grognai-je.

Dès la fin de cette enquête, j'allais envoyer une bonne grosse plainte concernant le manque de professionnalisme de l'agent Dash. Anonymement, bien sûr.

— Vous pouvez parler ici, poursuivis-je. Je vais vous laisser.

Je serrai la main de Kelley et je lui dis que tout allait bien se passer, puis je sortis. Elles n'essayèrent pas de m'arrêter.

J'attendis quelques minutes sur le parking, juste pour m'assurer que l'agent Dash ne cherchait pas sérieusement à conduire la pauvre fille endeuillée au poste pour un interrogatoire.

Quand je vis que ce n'était pas le cas, je démarrai la voiture et j'entamai le court trajet jusqu'à la maison.

J'étais si préoccupée que je faillis passer à un feu rouge et que je me pris plusieurs fois le trottoir. Pourquoi Dash était-elle aussi agressive dans son enquête ? Et pourquoi était-elle venue au café cet après-midi-là ? Me cherchait-elle ?

Je craignais que si je ne trouvais pas très vite le véritable tueur, l'agent Dash se rabaisse à fabriquer des preuves juste pour pouvoir clore l'enquête et passer à autre chose.

C'était effrayant.

Je devais peut-être vite m'occuper de cette plainte contre elle…

En me garant dans mon allée, je décidai de lui laisser une dernière chance. Une rencontre de plus. Si l'agent Dash ne commençait pas à se comporter de façon plus professionnelle à sa prochaine visite, j'allais me rendre au poste et discuter de cette affaire avec son patron.

Après avoir décidé cela, je coupai le moteur, j'inspirai profondément, et j'entrai dans la maison pour voir dans quels nouveaux problèmes mon chat nous avait fourrés durant ma courte absence.

13

Je me faufilai dans la maison, ne sachant pas ce que j'allais y trouver. Merlin était resté seul pendant presque deux heures à cause de mon étrange période de travail. C'était drôle, je n'avais jamais auparavant eu à m'inquiéter de ce qu'il faisait pendant mon absence. Maintenant, je ne faisais rien d'autre que m'inquiéter... pour lui, au sujet de Harold, de la vie en général.

Enfin, quoi qu'il ait fait pendant mon absence, ça n'avait pas causé de dégâts évidents. En fait, la maison était exactement comme je l'avais laissée. Même le carnet de Luna était encore ouvert sur le canapé, exactement comme quand nous l'avions lu ensemble plus tôt. Il avait dû le prendre, puis le ramener. Mais pourquoi ?

— Merlin ? criai-je en m'avançant vers le canapé et en jetant un coup d'œil à l'objet volé.

Les deux pages ouvertes étaient remplies de gribouillages illisibles et je n'y comprenais rien.

Aïe. J'avais espéré qu'il ramène le carnet de son ennemie jurée après avoir fini avec, ou au moins qu'il le cache quelque part. C'était comme s'il cherchait les problèmes et qu'il le faisait exprès.

Je pris une rapide photo des pages du carnet avec mon téléphone portable, puis je le saisis et je sortis pour le ramener moi-même.

Le problème était que je ne savais pas exactement comment me rendre à la maison de Luna, puisque nous nous étions téléportés à l'aller et au retour, mais je me souvenais d'avoir vu le croisement au bord de la propriété quand nous nous étions échappés. Une des rues s'appelait Persimmon. Je tapai le nom de la rue et celui de la ville dans le GPS de mon téléphone et je reçus des indications sur les lieux. Heureusement que nous disposions des technologies modernes.

Persimmon se trouvait à l'autre bout de la ville, mais il ne me fallut que dix minutes pour trouver la maison de Luna et me garer à l'extérieur. Je rangeai le carnet dans mon sac et je m'avançai vers la porte.

Une dame plus âgée ouvrit avant que je puisse frapper.

— Bonjour. Virginia ? demandai-je avec espoir.

— Gracie, répondit-elle avec un soupir, puis elle fit un pas en arrière et me laissa entrer.

Bien. C'était bien.

Il me suffisait maintenant de trouver un moyen de rendre le carnet sans qu'elle remarque que je l'avais pris.

J'affichai donc mon meilleur sourire de politesse et je dis :

— Je voulais juste passer me présenter. Je sais que nos chats sont en mauvais termes, mais je ne vois pas de raison pour que nous ne puissions pas nous entendre.

Même si elle était bien plus âgée que moi, Virginia semblait posséder une grâce et une aisance que je n'avais jamais connues moi-même. Ses cheveux blonds étaient évidemment colorés, même si je ne voyais pas apparaître de racines plus sombres. Ses yeux verts m'étudièrent avec une intelligence calme que je trouvais apaisante.

— Aimeriez-vous un peu de thé glacé ? proposa Virginia en flottant vers la cuisine.

— S'il vous plaît.

Je savais que c'était impoli de ne pas accepter, mais c'était aussi assez stupide de boire ce qu'elle allait me donner, puisque je ne savais pas si nous étions en bons termes. Cependant, elle me plaisait, malgré les avertissements de Merlin. Je m'identifiai immédiatement à quelque chose chez elle, mais je ne savais pas quoi. Les familiers avaient peut-être davantage en commun que simplement leur travail. Je réfléchis à tout cela en attendant près de la porte, mal à l'aise.

Virginia fit craquer un bac à glaçons et en laissa tomber plusieurs dans chacun des deux verres.

De la concentration. Je devais me concentrer. Me souvenir de l'objectif de cette visite.

Bon. Pouvais-je simplement poser le carnet sur la table à l'entrée et en être débarrassée ?

Non, non. C'était trop évident.

— Venez. Asseyons-nous.

Virginia me conduisit jusqu'au canapé floral kitsch que j'avais aperçu lors de ma première visite, et nous nous installâmes toutes deux avec notre thé glacé. Elle me sourit chaleureusement comme si nous étions de vieilles amies et pas de nouvelles connaissances.

Je posai mon sac sur le sol près de mes pieds. Pendant un moment d'inattention, j'allais pouvoir sortir le carnet et l'envoyer sous le canapé d'un coup de pied pour qu'elle le retrouve plus tard. Il suffisait que j'attende une occasion.

— Vous êtes encore très nouvelle, fit remarquer Virginia.

Quand je la regardai en penchant la tête, elle ajouta :

— Dans votre rôle de familier.

Je hochai la tête en faisant semblant de boire une gorgée de ma boisson.

Le sourire décontracté de Virginia s'estompa immédiatement. Même le côté apaisant de ses yeux verts sembla devenir plus dur.

— Les querelles de nos sorciers sont également les nôtres. Nous n'avons pas d'autonomie dans leur monde. Ainsi, si nos chats se disputent, nous nous disputons aussi.

Je toussai et je posai mon thé glacé sur la table basse. Apparemment, il était inutile de sauver les apparences, puisqu'elle avait l'intention d'afficher son hostilité au grand jour.

— En êtes-vous sûre ? demandai-je en fronçant les sourcils. Ça me semble si bête. Les sorciers et les familiers ne devraient-ils pas se serrer les coudes ?

— Ce n'est pas notre décision. Maintenant que nous nous sommes rencontrées, j'espère que vous êtes satisfaite. Vous pouvez finir votre thé et partir.

Virginia but le sien en une seule gorgée, puis elle partit dans le couloir et entra dans une pièce privée.

Je devais agir vite. Quelque chose m'indiquait que si je n'étais pas partie lors du retour de Virginia, je risquais de ne plus pouvoir sortir d'ici. Elle s'était transformée si vite. C'était effrayant. Allais-je un jour devenir comme elle, moi aussi? Était-ce la vie à laquelle mon chat m'avait condamnée en me choisissant pour familier?

Cherchant à sortir vite de là, je renversai mon sac sur le côté avec mon talon, essayant de faire semblant que c'était un accident au cas où j'étais observée. Puis je me penchai et je récupérai mon sac en prenant soin de pousser le carnet aussi loin que possible sous le canapé.

Satisfaite de mon travail, je ramenai mon verre toujours plein à la cuisine et je le vidai dans l'évier, puis je sortis dans le jardin et je filai vers ma voiture.

C'était raté pour la diplomatie.

Quel que soit le problème entre nos chats, les deux félins allaient simplement devoir trouver un moyen de se débrouiller.

14

Je songeai à mon étrange rencontre avec Virginia pendant tout le trajet de retour à la maison. Comment elle s'était transformée en un clin d'œil, passant d'agréable à effrayante. Merlin avait dit que les familiers eux-mêmes ne possédaient pas de pouvoirs magiques, mais le changement de personnalité de Virginia m'avait paru totalement surnaturel. Avait-elle été ensorcelée par Luna?

Et, surtout, Merlin allait-il me faire quelque chose de similaire?

Ça ne me plaisait pas du tout. Était-ce trop tard pour lui dire «merci, mais non merci» et le laisser trouver quelqu'un de mieux adapté à toute une vie de servitude magique?

J'avais l'impression que peu importe où j'allais,

Merlin allait me trouver et me ramener. Et en dehors d'être un peu impoli, il ne m'avait pas fait le moindre mal. En fait, il avait promis de me protéger, du moins en ce qui concernait l'enquête sur l'assassinat de Harold.

Quoi qu'il en soit, lui et moi devions avoir une longue discussion avant qu'il exige autre chose de ma part. La leçon numéro deux stipulait que je devais lui faire confiance, mais il devait lui aussi me faire confiance. Et il devait me donner une espèce de manuel sur ma nouvelle vie afin que je puisse m'y adapter.

Oui, nous allions avoir une longue discussion… si j'arrivais à le trouver. J'inspirai profondément et j'ouvris la porte de ma maison, prête pour une conversation à cœur ouvert.

Mais je ne trouvai pas Merlin.

À la place, la maison avait été retournée de fond en comble pendant ma brève visite chez Virginia. J'étais seulement partie une demi-heure, maximum, mais les coussins avaient été arrachés du canapé, les chaises retournées, et tout le tintouin.

En réfléchissant à toute vitesse, j'attrapai un balai dans le placard de l'entrée et j'avançai plus loin dans ma maison en le levant comme une batte de baseball.

— Qui est là? criai-je en regardant tout autour de moi.

Qui pouvait bien me cambrioler en plein jour? Et pourquoi? Je n'avais rien d'intéressant.

Le balai vola soudain de mes mains et fit demi-tour pour me coincer contre le mur.

— Où est-il? demanda un long chat blanc en s'avançant vers moi sans un bruit. *Luna.*

— Laisse-moi partir, criai-je en luttant contre le balai, mais la magie de Luna était plus forte que mes muscles.

— Pas tant que tu ne me diras pas où il est!

Elle s'arrêta à une trentaine de centimètres de moi et sortit les griffes.

— Dis-le-moi tout de suite!

Je pouvais jouer les ignorantes et faire comme si je ne savais pas de quoi elle parlait, mais il semblait plus facile de céder à ses demandes.

— Le carnet? demandai-je.

Ses yeux verts et brillants s'écarquillèrent.

— Tu admets donc le vol?

— J'avoue que je l'ai pris, mais je l'ai également ramené tout de suite. Je suis désolée.

— Tu n'as pas idée de ce que tu as fait. Des problèmes que tu as causés.

— Encore une fois, je suis vraiment désolée. Laisse-moi partir, s'il te plaît ? suppliai-je faiblement.

— Non, me dit-elle avec un grognement bestial. Tu as commencé ça et c'est toi qui le termineras.

Le balai tomba et je trébuchai en avant. Dès que je fus libérée, une de mes chaises en bois me frappa par-derrière. Je retombai en position assise, puis le balai m'appuya contre la chaise, me maintenant en place.

— S'il te plaît…

Je pleurais pour de bon, maintenant.

— Je n'ai jamais demandé à devenir le familier de Merlin. Je n'ai jamais demandé tout ça.

— Tu vas venir avec moi, dit Luna avant de cligner des paupières une fois, deux fois…

Et nous étions de retour chez elle.

— Vas-tu me tuer maintenant ?

— Où est le carnet ? siffla Luna en ignorant ma question désespérée.

— Sous le c-c-canapé, bafouillai-je en ne voyant pas l'utilité de mentir.

La chatte courut sous le canapé, puis elle en ressortit avec le carnet dans la gueule.

Je restai coincée sur la chaise, uniquement capable de la regarder faire planer le livre jusqu'à la table basse et feuilleter les pages.

Ayant apparemment trouvé ce qu'elle cherchait,

elle sourit, cligna des paupières et nous ramena dans le jardin derrière sa maison. Puis elle s'approcha d'un vieux puits en pierre en me traînant avec elle par magie.

— Que fais-tu ? grognai-je.

— Ceci ne te regarde pas.

Luna sauta sur mes genoux et ramassa quelque chose sur mon pantalon qu'elle jeta dans le puits.

Ensuite elle revint en courant et mordit mes cheveux, repartit vers le puits et cracha dedans.

— Est-ce ton chaudron ? devinai-je.

— Ah, il t'a donc au moins appris quelque chose. Mais pas suffisamment pour t'empêcher de faire exactement ce que je voulais.

— Quoi ? Je ne comprends pas.

— Bien, ton patron ne le verra pas non plus venir, dans ce cas.

— Que complotes-tu ?

— Rien qui te regarde. Je répare juste une injustice, dit-elle en traversant son jardin pour cueillir des feuilles et des pétales qu'elle jeta dans le puits.

Je la regardai travailler pendant au moins vingt minutes, mais rien de ce que je dis ne put la convaincre de me révéler autre chose. Peu de temps après, une petite bouffée de fumée scintillante couleur émeraude émergea du puits et Luna eut un rire de petite fille plutôt qu'un rire de méchante sorcière.

— C'est parfait, s'exclama-t-elle. Maintenant, rentre chez toi et mélange ça au bol d'eau de ton maître.

Elle poussa une bouteille en plastique vide dans le puits avec sa patte. Quand elle la fit remonter par magie, elle contenait une petite quantité de liquide. Pas plus d'un centimètre de hauteur.

— Je ne le ferai pas, dis-je en luttant encore contre le balai et la chaise.

Luna rit quand le balai s'écarta brusquement et que la chaise s'effrita en un tas de sciure.

— Le plus drôle, c'est que tu n'as pas le choix. Et tu ne pourras pas non plus l'avertir. C'est prévu par le sortilège.

— C'est pour cela que tu as pris mes cheveux !

— Oui. Et les siens. J'ai de la chance qu'il perde autant ses poils et qu'il ne sache pas résister à des genoux chauds, hein ?

— Je ne sais pas ce que tu as prévu, mais tu ne t'en sortiras pas comme ça.

— C'est déjà fait, dit Luna avec un sourire narquois.

Elle cligna des paupières une fois, puis deux…

Et je fus de retour chez moi avec la bouteille d'eau

serrée dans la main. Avant de pouvoir m'en empê-cher, je versai son contenu dans le bol de Merlin. Ensuite, le contenant en plastique s'évanouit dans les airs et disparut complètement.

Non, non, non! Je luttai pour attraper son bol, mais quelque chose me retint. Je ne pouvais pas mettre un terme à ce que Luna avait prévu et je ne trouvais pas Merlin pour qu'il garde un œil sur la situation.

Que faire maintenant?

15

Je dus m'endormir, car un peu plus tard, le soleil s'était faufilé entre les stores de ma chambre et il brillait directement dans mes yeux.

Merlin sauta sur ma poitrine et frôla mon visage avec sa queue touffue.

— Tu dors beaucoup pour une humaine. Es-tu certain de ne pas être un peu chat ? plaisanta-t-il.

Un sourire ironique s'étira entre ses moustaches blanches.

Et c'est alors que tout me revint : Luna, la potion, mon rôle dans tout cela.

— Merlin ! criai-je en le serrant contre moi. Tu vas bien !

Il lutta pour s'échapper de mon emprise, puis il

bondit hors d'atteinte en me regardant comme si j'étais folle.

— Bien sûr que je vais bien. Pourquoi n'irais-je pas bien ?

Son pelage tressaillit sous l'effet de spasmes étranges dans son dos, un signe évident que j'avais franchi les limites en le serrant dans mes bras.

— Parce que je... commençai-je, mais ma phrase fut brutalement interrompue.

— Eh bien, hier... essayai-je encore. L...

Chaque fois que j'essayais de parler, j'étais rendue muette au milieu de ma phrase.

— Tu es bizarre, dit mon chat en aplatissant les oreilles.

Et il avait raison, j'étais bizarre. Je ne savais pas non plus comment m'arrêter. Peut-être que si j'essayais de parler d'autre chose...

— Veux-tu petit-déjeuner ? demandai-je d'un ton décontracté.

Je pus effectivement le dire sans être rendue muette par magie. Je ne savais pas ce que Luna avait mis dans son sortilège, mais il me semblait impossible de le contourner.

Peut-être qu'avec plus de connaissances ou de conseils, j'allais pouvoir trouver un moyen... mais seul Merlin pouvait me donner les réponses et je n'étais même pas capable de lui poser les bonnes questions.

— Oui, je veux petit-déjeuner. As-tu besoin de poser la question ?

Merlin sauta du lit et se faufila hors de la chambre.

Je le suivis, rongée par l'inquiétude.

Dans la cuisine, je découvris que son bol d'eau avait été entièrement vidé. Je voulais lui demander comment il se sentait après avoir bu la potion de Luna, mais c'était impossible. Je me contentai donc de secouer la tête et je remplis le bol au robinet.

— Vas-tu aller travailler aujourd'hui ? demanda Merlin lorsque j'ouvris une boîte de pâté et que j'en déposai le contenu dans son bol.

— Pas aujourd'hui.

— Bien. Nous pourrons continuer ton entraînement.

Ayant dit ce qu'il avait à dire, Merlin reporta son attention sur son petit-déjeuner.

Attendre le déclenchement du sort de Luna fut un calvaire. J'étais ravie que tout paraisse normal jusqu'ici, mais attendre le pire m'empêchait de me concentrer sur autre chose.

— Ne vas-tu pas faire du café ? me demanda Merlin un peu plus tard.

Je jetai un coup d'œil à son bol et je vis qu'il avait déjà fini son petit-déjeuner. Waouh, je devais être restée perdue dans mes pensées pendant plusieurs minutes.

— Oui, le café, dis-je comme un zombie en m'avançant vers la Keurig pour me préparer de l'énergie liquide.

— Leçon numéro trois, annonça Merlin depuis l'endroit qu'il occupait sur le sol en lino de la cuisine. Dans tout ce que tu fais, tu me représentes. Si tu fais quelque chose de bien, je recevrai les compliments. Si tu fais quelque chose de mal, je recevrai la punition.

— Pourquoi me dis-tu ça? demandai-je nerveusement.

Il me fixa sans cligner des paupières, sans même bouger tout court.

— Afin que tu ne fasses pas de bêtises.

Je déglutis. J'avais déjà fait une bêtise, et une grosse, mais je n'avais aucun moyen de le lui dire. Zut.

— Tu n'as pas de pouvoirs magiques, continua-t-il sans remarquer mon conflit interne. Mais tu es un réservoir. Un peu comme un chaudron qui vit et qui respire. Ta présence amplifie ma magie. Plus nous passons de temps ensemble, plus ma magie va se lier à toi. Tu ne peux pas l'utiliser pour toi-même. Seulement la contenir pour mon usage ultérieur.

Ceci était une grande révélation, bien trop grande pour que je la comprenne avant le café.

Merlin sauta sur le comptoir et étudia mon visage.

— En fait, il semblerait que tu en as déjà récolté une partie.

— Quoi? dis-je d'une voix rauque un posant mes doigts sur mon visage.

Mon chat fit un sourire en coin.

— Tes yeux.

— Que se passe-t-il avec mes yeux?

— Arrête de paniquer et va jeter un coup d'œil.

Je marchai vers la salle de bains et j'allumai la lampe. Au lieu de leur couleur marron sombre habituelle, mes yeux étaient maintenant d'un profond vert forêt.

— Vert! criai-je, incapable de croire l'image qui flottait devant moi. Pourquoi mes yeux sont-ils verts?

— Eh bien, c'est facile, expliqua Merlin en apparaissant dans le couloir devant la salle de bains. Les yeux sont le miroir de l'âme. La couleur verte est la couleur de la magie. Maintenant que tu es magique, ton âme est teintée de vert.

— Tu as dit que je n'étais pas magique, argumentai-je d'un air abattu.

C'était vraiment difficile de croire tout ce qu'il disait alors qu'une grande partie me semblait contradictoire.

Merlin bâilla et s'étira comme s'il faisait du yoga.

— Tu n'as pas de *pouvoirs magiques*. Mais tu es magique. C'est une distinction subtile, mais tu finiras par la comprendre, assura-t-il.

Soit Merlin avait foi en moi, soit il était trop entêté pour avouer qu'il s'était trompé en me choisissant pour familier. Et à ce moment précis, je me moquais de savoir ce qu'il en était.

Argh. Pourquoi ma vie était-elle ainsi ?

16

J'espérais toujours parler de Luna avec Merlin, mais les liens magiques me bloquaient chaque fois que j'y pensais un peu trop fort.

Pour éviter de complètement perdre mon temps, je décidai de lui poser une question dans un domaine plus sûr : l'enquête pour meurtre en cours.

— Merlin ? demandai-je pendant que ma deuxième tasse de café se remplissait. Peux-tu utiliser la magie pour découvrir qui a tué Harold ?

Il réfléchit un moment en se déplaçant pour suivre le rayon de soleil qui avait lentement commencé à migrer à travers le salon.

— Éventuellement. Mais il me faudrait voir son corps.

Je frissonnai.

— Faisons du cambriolage de la morgue notre plan B, suggérai-je en serrant les bras autour de moi.

— Comme tu voudras, répondit Merlin avant de fermer les yeux en ronronnant. Si tu as besoin de moi, tu sais où me trouver.

Oui, pour le moment, du moins. Je n'avais jamais été très perturbée par ses allées et venues permanentes. Mais maintenant? Chaque fois que nous étions séparés, nous courions le risque que l'un de nous se fasse enlever.

Oh, si seulement je pouvais le prévenir!

Je savais qu'il n'était que récemment devenu sorcier à part entière... ce qui selon lui n'arrivait que lorsqu'un chat prenait officiellement un familier. Malgré tout, sa nonchalance pouvait nous mettre tous les deux en danger. De mon côté, je débutais dans toute cette histoire de pouvoirs magiques, ce qui signifiait qu'il n'avait aucune raison de m'écouter si j'exigeais une meilleure protection.

Et comme je ne pouvais pas expliquer pourquoi j'avais besoin de cette protection, nous étions coincés tous les deux.

Je soupirai et j'ajoutai du lait dans ma nouvelle tasse de café, puis je touillai en organisant mentalement ce que je pensais déjà savoir sur la mort de mon patron. Il allait être plus facile de me concentrer sur mes problèmes magiques si je me débarrassais des ennuis plus ordinaires.

Évidemment, je n'avais jamais discuté avec Harold en dehors du travail, et il était parfaitement probable qu'un scandale de sa vie personnelle ait conduit à ce décès forcé. Cependant, comme je risquais ma peau, il était logique que je tienne au moins compte des indices que j'avais rassemblés.

Tout d'abord, sa fille Kelley perdue de vue avait récemment réapparu dans sa vie. Et la mère de Kelley avait essayé d'empêcher ces retrouvailles. Kelley était également présente quand Harold avait poussé son dernier soupir, mais elle était trop perturbée pour être envisagée comme une suspecte.

Drake avait aussi été là. À vrai dire, je ne l'avais pas vu depuis. Était-il possible qu'il déteste tellement notre patron qu'il lui avait administré un poison ?

J'allais vraiment devoir me pencher là-dessus plus tard.

Le café avait été pratiquement vide en dehors de nous trois et Harold. Une seule cliente était assise dans un coin à boire son café et elle était partie dès qu'on le lui avait demandé.

Mmm.

Un autre élément à prendre en compte était que le poison pouvait m'être destiné, et que Harold était simplement un dommage collatéral. Plus j'y réfléchissais, plus je craignais que ce soit vrai. Je venais d'être témoin de la magie de Merlin pour la première fois quand je m'étais pressée de partir au travail. Cela avait été un test, m'avait-il dit, pour voir si j'étais prête à lui servir de familier. Plus tard ce soir-là, il s'était révélé à moi.

Je savais déjà que Luna était son ennemie et qu'elle vivait près de chez nous. Elle était aussi assez folle pour m'enlever et concocter une espèce de potion vaudoue, qu'elle m'avait forcé à donner à mon chat la veille.

Était-ce parce que sa première tentative de m'atteindre avait échoué quand Harold avait pris le poison à ma place?

L'agent Dash avait mentionné un rapport de toxicologie mais n'avait jamais révélé les résultats. Avait-il abouti à quelque chose? Étions-nous certains d'avoir affaire à du poison? Ou bien s'agissait-il d'une forme de magie?

Tant de questions et personne à qui les poser. Si je faisais attention à ma façon de parler avec Merlin, je pouvais sans doute indirectement comprendre des choses sur Luna. Je terminai mon café et je m'installai à côté de lui sur le tapis du salon.

— As-tu la moindre idée de qui pourrait avoir tué Harold ? lui demandai-je doucement.

Merlin garda les yeux fermés, mais ses moustaches s'agitèrent, indiquant qu'il avait entendu ma question mais qu'elle ne lui plaisait pas beaucoup.

— Veux-tu pénétrer dans la morgue ?

Je frissonnai à cette idée.

— Peux-tu y aller sans moi ? demandai-je en préférant de loin cette possibilité. Tu te téléportes là-bas, tu jettes un coup d'œil et tu reviens.

— Je le pourrais, dit-il en entrouvrant un œil pour me regarder. Sauf que je ne sais pas le reconnaître.

Crotte. Je ne voulais pas du tout avoir à chercher parmi un tas de cadavres, mais je ne voulais pas non plus aller en prison. Pouvais-je surmonter mes réticences ?

— As-tu une photo ? demanda Merlin en roulant sur le ventre et en se levant sur quatre pattes tremblantes.

Oh, une photo. C'était malin ! Pourquoi n'y avais-je pas pensé ?

— Laisse-moi chercher sur la page Facebook du café. Je suis certaine qu'il y a au moins une image utilisable là-dessus, lui dis-je avant de partir à la recherche de ma tablette.

Pourquoi n'avions-nous pas pensé plus tôt à cette possibilité ?

Enfin, je supposai qu'il valait mieux tard que jamais...

17

l ne me fallut pas longtemps pour trouver une photo nette de Harold sur la page Facebook de l'entreprise. Même si la Maison du Café de Harold n'avait que quelques commentaires positifs, son ancien patron ne ratait pas une occasion de se mettre devant la caméra et de montrer à tout le monde comme il se trouvait important.

— Ça fera l'affaire, m'informa Merlin quand je lui montrai l'image. Je ne peux pas me téléporter directement dans la morgue, alors cette petite mission pourrait me prendre un moment.

— Pourquoi ne le peux-tu pas? demandai-je, mal à l'aise à l'idée d'être loin de lui — et de ses protections magiques — pendant un certain temps.

— Pour la même raison que je nous ai conduits

devant la maison de Luna, puis téléportés à travers la fenêtre. Si tu vas dans un endroit que tu ne peux pas voir et que tu ne connais pas bien, tu risques d'être coincé dans un mur ou une autre situation précaire de ce genre, expliqua le sorcier novice.

— Ah, dis-je bêtement.

— Leçon numéro quatre. La magie est bien plus difficile à maîtriser qu'elle n'y paraît, annonça-t-il avant de faire craquer son cou d'un côté et de l'autre.

— Je commence à le voir.

Quelqu'un frappa à la porte d'entrée et j'y jetai un bref coup d'œil. Quand je me retournai vers Merlin, celui-ci avait déjà disparu.

Je poussai un grognement et je partis découvrir ce que voulait l'agent Dash. Parce que oui, je savais déjà que c'était elle. Elle m'avait si souvent ennuyée au cours des derniers jours, que je reconnaissais facilement sa façon distinctive de frapper à la porte.

Boum. Boum. Tap, tap, tap. BOUM !

J'ouvris la porte en grand, me rappelant que si elle ne se comportait pas de façon plus professionnelle, j'allais faire le trajet jusqu'au poste pour déposer une plainte. Cela me réconforta un peu lorsque je me trouvai nez à nez avec la personne que j'aimais le moins de toute la planète.

— Le rapport de toxicologie est arrivé, m'informa

l'agent Dash en passant un doigt dans la boucle de sa ceinture.

Je croisai les bras et je restai plantée dans l'entrée, lui empêchant l'accès de ma maison.

— Et alors?

L'agent Dash passa l'autre pouce dans la boucle de sa ceinture et se balança sur les talons.

— De l'antigel. Ce n'est pas quelque chose dont la plupart des gens ont besoin pour passer l'été à Elderberry Heights. Dites, vous venez du Nord, n'est-ce pas?

— Du Michigan, parvins-je à répondre, l'estomac noué. Où voulez-vous en venir?

— Et c'est votre voiture dans l'allée?

— Oui.

Je n'aimais pas du tout la direction que prenait cette discussion.

— Ah, dit simplement la policière.

— Allez. Vous ne pouvez pas sincèrement penser que cela prouve quoi que ce soit! L'antigel est disponible partout. Même ici en Géorgie du Sud, j'en suis sûre.

Elle sortit alors son stupide carnet.

— *D'accord. D'accord.* Et comment le savez-vous?

— Je n'ai pas tué Harold, dis-je en grinçant des dents.

— Mais bien sûr, rétorqua-t-elle en souriant. Je vais revenir avec un mandat de perquisition. Oh, et je ne quitterais pas la ville, si j'étais vous.

Fantastique.

Je claquai la porte dès que l'agent Dash s'était éloigné d'un pas léger. Elle ressemblait à une gamine sur le point de mettre la main dans le pot de confiture, si heureuse de ce qu'elle allait manger qu'elle ne voyait rien d'autre… Comme le fait que je n'étais pas coupable !

Mon téléphone vibra dans ma poche. Je le sortis et je découvris un nouveau texto de Kelley.

J'ai dit à ma mère que j'allais te rejoindre pour le déjeuner. Elle a insisté pour m'accompagner.

Bon. La mère de Kelley était maintenant en ville et elle lui causait des ennuis.

Où ? lui envoyai-je.

Le BBQ Shack à midi.

Je serai là.

Je pensais toujours que l'agent Dash se raccrochait à n'importe quoi, mais si sa théorie de l'antigel s'avérait juste, alors je connaissais au moins une autre suspecte potentielle qui venait d'un climat plus froid.

Et j'étais sur le point de déjeuner avec elle.

18

Malgré mes grands espoirs, Merlin ne revint pas avant mon départ pour le déjeuner improvisé. J'aurais aimé pouvoir le rappeler maintenant que l'agent Dash m'avait informé de la cause exacte de la mort, mais je n'avais malheureusement aucun moyen de le contacter.

Je supposais qu'il allait le découvrir assez vite. Et je pouvais être un peu rassurée par le fait que notre pauvre Harold n'avait pas été tué par la magie.

J'appliquai mon maquillage normal pour sortir. Puis, détestant ce que je vis, je nettoyai tout. Le fard à paupières bleu électrique que je portais d'habitude pour souligner mes yeux marron foncé me donnait un air de clown quand je l'associais avec mes nouveaux iris vert forêt. À ma longue liste de choses à faire, j'allais devoir ajouter un passage au rayon beauté du supermarché pour trouver un maquillage plus adapté... ou bien je pouvais simplement m'habituer à me promener sans maquillage.

Ha ha, mais bien sûr. Je n'avais pas beaucoup de rides ou de boutons à cacher, mais le simple geste d'appliquer mes gloss et mes fards quotidiens me donnait une forme de courage. Savoir que j'étais apprêtée m'aidait à supporter la journée. Je n'avais jamais été d'une grande beauté, mais j'aimais montrer que je me souciais de mon apparence et donc de moi-même. C'était une routine que ma mère m'avait apprise alors que j'étais encore assez jeune. Je me souvenais avec tendresse des matinées de collège où nous appliquions notre fond de teint et notre blush, côte à côte devant l'énorme miroir de la salle de bains.

Je souris en pensant à ma mère, là-bas dans le Michigan. Dès la fin officielle de cette enquête, j'allais devoir lui passer un coup de fil pour avoir des nouvelles. Malheureusement, si je l'appelais plus tôt, elle percevrait immédiatement mes tentatives pour dissimuler mon angoisse.

J'allais donc devoir attendre.

Avec toutes les discussions au sujet de Harold et

les non-discussions au sujet de Luna, je n'avais pas réussi à manger mon petit-déjeuner. Quand j'atteignis le restaurant, mon estomac commença donc à chanter un air triste sur sa négligence, un grognement et un gargouillis après l'autre.

Le BBQ Shack était une sorte de légende locale et il fallait souvent attendre longtemps avant de pouvoir s'asseoir. Je n'y avais encore jamais mangé, mais dès que j'entrai et que je sentis les odeurs sucrées et acidulées du barbecue, ma bouche se mit à saliver.

Kelley était déjà assise à une table vers l'avant et elle me fit signe de la rejoindre. Elle se leva à mon arrivée et elle me présenta à sa mère, une femme à l'air austère qui était si fine que ses joues semblaient creusées.

— Gracie, voici ma mère. Maman, Gracie.

La mère de Kelley resta assise, mais elle me serra mollement la main. Je ne savais pas si elle ne me plaisait pas ou si je réagissais mal parce que je pensais qu'elle ne m'aimait pas. Quoi qu'il en soit, je me sentis immédiatement très mal à l'aise. Le seul côté positif était que les festivités bruyantes des autres clients suffisaient à noyer les chants de mon estomac.

Personne ne dit rien jusqu'à ce qu'une serveuse vienne prendre ma commande de boisson. Kelley et sa mère s'étaient déjà installées avec des thés glacés Arnold Palmer, alors je commandai la même chose.

Quand il devint évident que Kelley ne savait toujours pas quoi dire et que sa mère n'avait aucune envie de démarrer une conversation, je croisai les mains devant moi et je m'en chargeai.

— Alors, que pensez-vous d'Elderberry Heights, madame… ?

Mince, je ne connaissais même pas le nom de famille de Kelley.

— Carmine, me dit mon amie avec un sourire pincé.

— Et c'est mademoiselle, si vous voulez bien. Je ne me suis jamais mariée après qu'un certain petit-ami m'a dégoûtée pour toujours de l'amour et du mariage.

Elle renifla et attrapa le petit panier en fil de fer grillagé abritant des paquets de sucres multicolores et des édulcorants.

— Maman, gémit Kelley en frappant les pieds de sa chaise avec les talons, faisant vibrer la table. Tu as promis de ne plus parler de papa.

— Eh bien, ce n'est pas de ma faute, c'est ton amie qui a abordé le sujet. Et aussi, ne l'appelle pas « papa ». Cet homme n'a jamais été un père pour toi.

— Je n'ai pas… je veux dire, je suis désolée si…

— Non, non. Ne t'excuse pas, me dit gentiment Kelley avant de tourner la tête pour jeter un regard noir à sa mère. Arrête de lui casser du sucre sur le dos. Je sais que ce qui est arrivé entre vous n'était pas fabuleux, mais cet homme est mort. Lâche l'affaire.

Mademoiselle Carmine ricana avant de vider deux sachets de Splenda dans sa boisson froide, prenant soin de touiller vigoureusement avec sa paille.

Comme la situation était déjà tendue, je décidai de me renseigner un peu.

— Qu'est-il donc arrivé entre vous ?

Kelley écarquilla les yeux et se renfrogna, mais elle ne dit rien. Son visage était largement assez expressif : je l'avais trahie de la pire des manières.

Je détestais avoir blessé ma nouvelle amie, mais je pouvais m'en excuser plus tard. Elle allait me remercier si j'aidais à conduire l'assassin de son père devant la justice... même si cet assassin s'avérait être sa propre mère.

— Que s'est-il passé entre nous ? répéta mademoiselle Carmine d'une voix aiguë et agitée. Que s'est-il passé entre nous ?

Kelley posa une main sur l'épaule de sa mère et articula silencieusement quelque chose que je ne pus pas déchiffrer.

— La vieille histoire habituelle d'une fille qui

aime un garçon, d'un garçon qui trompe la fille, et d'une vie malheureuse pour toujours, me dit-elle avant de lever un bras et de crier : Serveuse ! Je pense que nous sommes prêtes à passer commande.

— Il ne m'a pas simplement trompée, aboya mademoiselle Carmine. Il l'a fait avec ma colocataire qui était aussi ma meilleure amie. Je n'avais pas d'endroit où aller, alors j'ai quitté la ville. Je me suis juré que s'il remettait les pieds chez moi, j'allais l'étrangler de mes propres mains.

— Maman ! cria Kelley en se levant d'un bond. Ça suffit !

Mademoiselle Carmine continua à siroter son thé en silence. Je dus lui accorder le mérite d'être de bien meilleure humeur pendant le reste de notre repas, après avoir dit ce qu'elle avait à dire.

Et pendant tout le repas et nos bavardages banals, je n'arrêtais pas de me demander : la mère de Kelley venait-elle d'avouer le meurtre de Harold ?

Et si c'était le cas, que devais-je faire ?

19

Quand je rentrai à la maison après ma sortie pour déjeuner, je trouvai mon chat qui m'attendait devant la porte d'entrée.

— Où étais-tu? demanda-t-il en agitant la queue d'un air fâché.

— Il est arrivé quelque chose et j'ai dû aller aider une amie, expliquai-je en traversant la pièce et en me laissant tomber sur le canapé.

— Tu as une odeur de sauce barbecue, m'accusa Merlin.

Il fronça le nez d'un air mécontent.

— Pour l'aider, il fallait que je l'emmène à déjeuner. Mais ce n'est pas ce qui est important ici.

Je me penchai en avant et je joignis les bouts de mes doigts avant de révéler :

— Je pense savoir qui a tué Harold.

Merlin sauta sur le canapé à côté de moi et m'autorisa à passer les doigts dans son pelage épais.

— Tu as donc tout compris ? Raconte-moi ça, alors.

— C'était mademoiselle Carmine. Elle est la mère de l'une des autres baristas, Kelley. Et Harold était le père de Kelley. Je peux te dire qu'ils ne s'appréciaient pas. Si l'on ajoute à ça le fait que Harold a été empoisonné par de l'antigel et que l'agent Dash est convaincu que quelqu'un d'un autre État a commis le crime, et le fait qu'elle a plus ou moins avoué pendant le déjeuner, tu as ta réponse.

— C'est intéressant, dit Merlin à côté de moi. À cent pour cent faux, mais intéressant quand même.

— Faux ?

Abattue, je retirai ma main.

— Pourquoi penses-tu ça ? J'ai déjà beaucoup réfléchi et la coupable est vraiment mademoiselle Carmine.

— Ce n'est pas simplement que je *pense* que tu as tort. Je le sais.

Il se redressa et bomba son torse poilu.

— Je viens de rendre une visite à ton vieil ami

Harold, et je peux dire avec une certitude absolue qu'il a été empoisonné par une potion magique. Pas par... qu'as-tu dit? De l'antigel?

Il gloussa doucement et secoua la tête.

— Mais l'agent Dash a dit...

— L'agent Dash a menti, dit-il simplement.

Non, ça n'avait aucun sens, et j'allais le lui dire s'il voulait bien me laisser finir une phrase.

— Pourquoi une policière mentirait-elle?

Merlin pencha la tête, consterné, les oreilles en arrière.

— C'est une bonne question. Tu ne peux pas vraiment le lui demander. Elle mentirait encore.

— Je vais au poste de police, dis-je en m'approchant de la porte. Quelque chose cloche.

— Je t'accompagne, insista-t-il.

— Allons-nous nous téléporter? Parce que le poste de police se trouve dans une rue assez fréquentée. Quelqu'un nous verra.

Merlin sauta du canapé puis se tourna vers moi.

— Vas-y en voiture. Je te rejoindrai là-bas. J'ai d'abord des choses à faire avec mon chaudron.

— Que vas-tu faire? Ne pouvons-nous pas y aller ensemble? Je me sentirais plus en sécurité si tu étais avec moi.

J'étais dans un bien triste état si l'on considérait

que j'avais besoin de la compagnie de mon chat pour être en sécurité.

Malgré mes suppliques, il ne céda pas.

— Je suis un chat, Gracie. Les chats n'aiment pas les voitures. De plus, je serai déjà au poste à t'attendre quand tu arriveras. J'ai simplement besoin de quelques minutes pour mélanger une potion de vérité. Comme je suis un sorcier du ciel, je peux l'administrer par les airs. Tout ce que ton agent… qui est-ce déjà ? Nash ?

— Dash, rectifiai-je. C'est celle qui a la mauvaise attitude et l'air renfrogné permanent, tu t'en souviens ?

Il grimaça alors en montrant une canine blanche.

— Dash, d'accord. Mais comment pourrais-je m'en souvenir alors que je ne l'ai pas encore rencontrée ?

— Elle est déjà venue ici deux fois en moins de vingt-quatre heures. Comment se fait-il que tu n'aies pas été là lors d'une de ses petites visites ?

— Je ne sais pas, mais ne t'inquiète pas trop pour ça. Ma potion de vérité sera un gaz plutôt qu'un liquide. Il suffit que je l'expire et qu'elle le respire pour qu'elle tombe sous le sortilège. Nous saurons tout en l'espace de quelques minutes.

— Super, parce que j'en ai déjà plus qu'assez de cette enquête.

Merlin secoua la tête.

— Nous devons encore t'endurcir. Tu auras affaire à des choses bien pires dans ton rôle de familier.

Je levai les yeux au ciel.

— Oh, super. Il me tarde.

Il était évident que Merlin n'appréciait pas mon comportement, mais ça ne m'empêchait pas de me sentir épuisée, effrayée, et de très méchante humeur.

— Arrête tes sarcasmes. Ce n'est pas très seyant pour un familier, siffla-t-il.

— Je suis plus qu'un simple familier. Je suis une personne également, lui rappelai-je, sans vraiment savoir ce qui me prenait.

Je suppose que j'avais des choses à dire, des questions qui étaient restées sans réponse trop longtemps, alors que ça ne faisait pas très longtemps du tout.

— Pourquoi m'as-tu choisie ? lâchai-je.

Merlin se tourna pour me fixer. Il cligna lentement des paupières, puis il s'arrêta.

— Je ne t'ai pas choisie, Gracie. J'ai choisi ta grand-mère. Souviens-toi que j'étais déjà ici quand tu es arrivée.

— Alors, c'est elle que tu voulais, et pas moi. D'accord, je suis juste une grosse erreur, râlai-je.

Son aveu me vexait bien plus que prévu.

— Un accident, oui. Une erreur, non. Je t'ai observée pendant des mois avant de me révéler. Je devais être absolument certain de mon choix, confessa-t-il doucement. Je n'avais pas prévu que ce soit toi, mais j'en suis très content.

Je hasardai un sourire.

— Vraiment?

— Vraiment. Maintenant, ça suffit les mièvreries.

Il s'avança vers la porte et s'arrêta devant la chatière.

— Nous devons nous concentrer sur la tâche qui nous attend. Je veux que tu roules tout droit vers le poste de police. Pas d'arrêt pipi ou de détours. Tu y vas tout droit, et je t'y attendrai avec la potion de vérité. Nous entrerons ensemble.

— Oui, patron, dis-je en hochant la tête.

Notre courte discussion m'avait donné l'impression d'avoir à nouveau une utilité. Merlin ne m'avait pas choisie au départ, mais il me choisissait maintenant.

Et apparemment, c'était important.

Avec son soutien et ses encouragements, tout allait bien se passer. Et grâce au plan qu'il avait préparé, nous allions effacer mon nom de la liste des suspects en l'espace de quelques minutes.

Tout allait bien se passer…

En partie parce que je n'avais pas vraiment d'autre choix.

20

erlin et moi sortîmes de la maison. Il se dirigea vers le jardin pour travailler avec son chaudron pour oiseaux, et je montai dans ma voiture avant de sortir de l'allée en marche arrière. Il allait me falloir environ cinq minutes pour atteindre le poste de police, ce qui signifiait que j'avais très peu de temps pour faire le tri dans mes pensées.

D'après Merlin, l'agent Dash m'avait menti au sujet du poison ayant tué Harold. Mais pourquoi? La réponse simple était sans doute que le médecin légiste ne pouvait pas détecter la présence de magie et pensait réellement que le problème venait de l'antigel.

Mais j'avais l'intuition que ce n'était pas tout à fait correct.

L'agent Dash m'avait-elle volontairement menti pour voir ma réaction? Mais si elle avait volontairement menti, était-ce parce qu'elle savait que la magie était responsable? Ou bien devait-elle encore apprendre quoi que ce soit de probant de la part de l'équipe médicale?

Une fois de plus, je me perdis dans la mer agitée de mes pensées. J'étais si perdue, en fait, que j'oubliai de faire attention aux panneaux de circulation. Je passai sans m'arrêter devant un panneau stop à un croisement calme qui conduisait hors de mon quartier, ne le remarquant qu'une fois qu'il était trop tard pour freiner.

Crotte. Il fallait vraiment que j'arrête de me laisser emporter par mes pensées et que je fasse plus attention à la circulation. Tout irait mieux après ce rapide trajet au poste de police. J'allais peut-être commencer à me garer sur le côté quand le besoin de réfléchir devenait trop pressant.

Oui, je serais ainsi moins dangereuse pour moi et pour les autres. Et pourtant…

Apparemment, je me promis cela trop tard, car une voiture de patrouille s'engagea sur la route derrière moi et alluma sa sirène.

Non, non, non !

Oui, j'avais été prise sur le fait et je méritais d'être punie. J'allais trouver un moyen de payer l'amende. Pour l'instant, j'étais surtout inquiète de mon retard pour rejoindre Merlin au poste de police. Avec un peu de chance, cette contravention de routine n'allait pas ajouter trop de temps à mon trajet. Et oui, Merlin serait peut-être furieux d'avoir dû attendre quelques minutes supplémentaires, mais ce n'était pas comme si je pouvais fuir la police, d'autant plus que je me dirigeais tout droit vers leur QG, de toute façon.

Je poussai un grognement et je me garai sur le côté de la route. La voiture de patrouille se gara derrière moi et dans mon rétroviseur, je vis l'agent en uniforme sortir et claquer la portière de sa voiture.

L'agent Dash en personne.

Double crotte.

Elle me fit signe de baisser ma vitre et j'obéis immédiatement.

— Tiens, tiens, tiens, dit-elle en gloussant. Vous avez du mal à rester loin des problèmes, n'est-ce pas Springs ?

— Je suis désolée, murmurai-je, détestant la situation… la détestant énormément.

— Permis, carte grise et assurance, s'il vous plaît, aboya-t-elle, tout à son travail.

Je passai lentement la main dans la boîte à gants et j'attrapai les documents nécessaires, puis je sortis mon permis de mon sac et je lui tendis également.

— Je reviens tout de suite, me dit l'agent Dash.

Je regardai droit devant moi en attendant qu'elle vérifie mes papiers et qu'elle prépare ma contravention. Le temps passa bien plus vite que je ne l'aurais imaginé, car j'eus l'impression que quelques instants plus tard seulement, l'agent Dash revint du côté conducteur de ma voiture.

— Sortez du véhicule, ordonna-t-elle d'un air froid en me jaugeant.

— Quoi ? Pourquoi ?

— Ne posez pas de questions. Faites ce que je vous dis ! cria-t-elle.

Sa colère soudaine m'effraya tant que je sortis péniblement de la voiture. Même si elle me faisait peur, j'espérais qu'elle fasse moins peur si j'obéissais à ses ordres.

— Les mains contre le véhicule, crachat l'agent Dash.

— Quoi ? Non. Je n'ai rien fait de mal ! m'écriai-je.

Dash me poussa contre ma voiture. Avec force.

Une douleur enflamma mon épaule, brûlant encore plus quand elle saisit mes poignets et les menotta.

— Je n'ai rien fait, sanglotai-je. Laissez-moi partir, s'il vous plaît.

— Arrête de pleurnicher et tourne-toi vers moi !

Quand je me retournai, un immense sourire de chat du Cheshire couvrait le visage de la policière. Elle profitait de cet instant.

— Je ne comprends pas, murmurai-je. Avez-vous trouvé de nouvelles preuves ?

Au lieu de répondre, l'agent Dash posa une main sur mon épaule et me força à la regarder dans les yeux. Je restai muette d'horreur quand ses yeux changèrent de couleur et de forme, passant d'un gris ordinaire à un vert très vif.

Elle cligna des paupières une fois… deux fois…

21

Je m'écrasai par terre, incapable de me rattraper parce que mes poignets étaient menottés dans mon dos. À force d'agiter les jambes et de me contorsionner, je finis par me mettre en position assise. Je heurtai enfin un épais tronc d'arbre et je pus me relever en gigotant.

Quand j'eus le temps d'observer l'endroit où je me trouvais, je reconnus presque immédiatement la petite maison au jardin. Nous étions chez Luna, et j'étais appuyée contre le même magnolia auquel je m'étais accrochée après ma toute première téléportation.

La porte de la petite maison pittoresque en briques s'ouvrit et Virginia courut à l'extérieur, pieds nus. Les ongles de ses orteils étaient couverts de vernis lavande brillant, une couleur à laquelle je ne m'attendais pas de sa part.

— Oh, super ! s'exclama-t-elle en accourant. Est-ce enfin le moment ?

— Effectivement.

L'agent Dash avait parlé dans mon dos. Je me tordis pour essayer de la voir, mais le gros magnolia bloquait ma vue.

— Que me voulez-vous ? criai-je à quiconque voulait bien répondre.

— Je m'en occupe, annonça Virginia en sautillant vers moi avec un visage doux qui démentait le vitriol de ses paroles. Tu aurais dû être en prison, mais ton lien avec ce stupide chat a été formé trop vite, ce qui signifie que le plan B est devenu nécessaire.

— Je n'ai pas tué Harold, lui dis-je en luttant pour retirer mes poignets des menottes.

La tâche semblait impossible, mais je n'allais pas arrêter d'essayer pour autant. Surtout que c'était une de ces situations où il fallait essayer ou mourir.

— Bien sûr que non, dit Virginia avec un sourire presque agréable. C'est moi qui l'ai tué.

— Toi ? répétai-je d'une voix qui tremblait de peu, désormais.

Je ne l'avais même pas considérée. Luna, oui. Mais son familier sans pouvoirs ? Jamais.

Virginia minauda.

— Ne te souviens-tu pas de m'avoir demandé de quitter le café ce jour-là ? J'étais assise juste là. Je me suis dit que tu avais compris quand tu es venue chez moi, hier, mais non. Finalement, tu n'es pas si intelligente.

— Tu étais la cliente ! criai-je lorsque les dernières pièces du puzzle se mirent en place.

Pas étonnant que Virginia m'ait semblé si familière. Elle avait été assise en pleine vue ce jour-là. Enquêtrice débutante ou pas, comment avais-je pu rater quelque chose d'aussi important dans mon enquête ?

Le sourire de Virginia s'élargit. J'eus soudain très envie de la gifler, en partie pour Harold, et en partie pour moi.

— Tu vois, Dash. Elle finit par comprendre au bout d'un moment.

L'agent Dash ne répondit pas, je saisis donc l'occasion pour poser une question très importante.

— Vas-tu me tuer également ?

Enfin, le sourire de Virginia disparut.

— Malheureusement, non. Tu as rendu les choses assez difficiles pour nous, figure-toi. Tu étais censée porter le chapeau pour la mort de ce vieux radin afin que les autorités t'enferment avant que ton lien avec

Merlin n'ait le temps de se solidifier. C'était notre meilleure chance de nous débarrasser de lui, mais tu as gâché tout cela pour nous.

— Quoi? aboyai-je en lui jetant un regard noir. Tu veux que je m'excuse?

— Pff! Quel manque de politesse.

Virginia soupira plusieurs fois avant de continuer.

— Tous les meurtres qui se passent au sein de la communauté magique sont immédiatement repérés. Si je t'avais tuée directement, j'aurais été enfermée. Mais comme ton ancien patron de café ne connaît rien du monde magique, sa mort n'aura pas été remarquée.

— Devons-nous vraiment faire tout le monologue du méchant maintenant? grogna Dash d'un endroit que je ne voyais toujours pas. Nous l'avons attrapée. Maintenant nous devons nous en débarrasser.

— Alors, vous allez bien me tuer? criai-je triomphalement.

J'avais eu raison, mais je le regrettais.

— Pire, révéla Virginia avec de grands yeux lumineux.

Elle aimait ça, cette méchante.

— Quoi? Qu'est-ce qui est pire que la mort? demandai-je.

Il fallait que je la fasse parler, que je donne à Merlin le temps de me trouver et de me sauver.

Virginia se conforma au stéréotype et rejeta la tête en arrière en partant d'un rire diabolique.

— Tu le verras bien assez vite, ma petite.

— Mais je ne comprends pas. Pourquoi voulez-vous vous débarrasser de moi ? Que vous ai-je fait ?

— Absolument rien, admit Virginia avec un reniflement de dédain. Mais Dash voulait se débarrasser de Merlin et j'étais très heureuse de lui obéir, étant donné le passé entre ma patronne et lui.

Tout ceci était donc parce que mon chat playboy avait brisé le cœur de la mauvaise chatte. *Argh !*

— Les gens tombent amoureux et rompent tout le temps, argumentai-je. Ça ne veut pas dire qu'on les tue.

— Oh, je me moque de tout cela. Même si le fait que Luna se languisse incessamment de ce sac à puces misérable me tape sur les nerfs.

— Alors, que veux-tu ?

— La magie est volatile. Le savais-tu ? Plus il en existe dans une même zone, plus elle est susceptible de causer une réaction non souhaitée. Quand Merlin t'a prise pour familier, la magie de Luna a dû être freinée pour protéger la ville. Je ne vois absolument aucune raison pour laquelle nous devrions être privées du niveau de pouvoir auquel nous avions l'habitude, alors quand mon partenaire ici même a proposé un plan pour se débarrasser de vous deux, je me suis empressée de faire ma part du marché.

— Mais comment le fait de se débarrasser de moi peut-il empêcher Merlin de trouver un nouveau familier ?

Elle baissa la tête et laissa échapper un rire sonore.

— Tu ne connais vraiment pas grand-chose au fonctionnement de cette communauté, n'est-ce pas ? Une fois qu'un familier a été initié, il est presque impossible pour un sorcier d'en obtenir un nouveau. Pas après tout ce bazar avec les deux Merlins et Arthur il y a très longtemps. Et sans avoir son familier près de lui, *notre* Merlin ne peut pas légalement pratiquer la magie. Le pouvoir en place l'enfermerait si vite qu'il n'aurait même pas le temps de cligner des paupières pour s'enfuir.

— Ça suffit ! cria Dash derrière moi. Elle essaie simplement de gagner du temps au cas où son minou viendrait la sauver. J'en ai assez de traîner. Terminons ce que nous avons commencé.

22

En faisant le serment de «terminer ce que nous avons commencé», l'agent Dash s'avança enfin dans mon angle de vue. Elle était comme avant, en dehors de ses yeux verts brillants. Des yeux comme les miens, comme ceux de Virginia, comme tous ceux qui avaient été touchés par la magie.

— Tu n'es pas une vraie policière, crachai-je.

— Ah, vraiment? Quel a été le premier indice pour toi?

Le faux agent Dash se moqua cruellement de moi, puis leva les deux mains et claqua des doigts au-dessus de sa tête.

L'air autour d'elle ondula et scintilla d'une teinte légèrement verte alors que la policière sarcastique se métamorphosait en une chatte noire trapue avec une queue tordue.

Je restai bouche bée, tout comme Virginia.

— Tu es une sorcière, cria cette dernière en pointant un doigt accusateur vers sa complice. Et pendant tout ce temps, tu m'as dit que tu étais un familier. Que tu en avais assez du statu quo.

La chatte noire fit un sourire diabolique.

— Ma chère Virginia, une de ces affirmations est vraie. L'autre ? Eh bien, tu as si facilement joué le jeu, chose que j'apprécie vraiment. Mais maintenant que ton utilité n'est plus avérée, je n'ai plus besoin de toi.

La version féline de Dash claqua la langue et le visage de Virginia devint un masque de terreur. Sa bouche s'ouvrit en un cri silencieux et ses pieds s'agitèrent vainement sous elle pendant qu'elle flottait à trente centimètres du sol.

— Que lui as-tu fait ? demandai-je en luttant encore davantage contre mes liens.

Je n'arrivais pas à arracher le regard de Virginia, terrifiée de devoir subir le même sort. Pourquoi ne criait-elle pas ? J'aurais eu moins de mal à le supporter si elle criait.

Dash sortit ses griffes et les observa en réfléchissant.

— En quoi ça t'intéresse? Elle a tué ton patron et elle a essayé de t'envoyer en prison.

— Nous savons tous les deux que tu étais la tête pensante. Virginia n'était qu'un pion dans ton plan, criai-je.

Nous étions au bord d'un grand lotissement. Si je criais assez fort, un des voisins allait peut-être m'entendre et venir à la rescousse.

— Je parie que tu ne lui as même pas dit pourquoi tu voulais te débarrasser de Merlin, marmonnai-je quand Dash continua à fixer ses griffes sans même tenir compte de mon accusation précédente.

— Virginia avait ses propres raisons idiotes de faire ce qu'elle a fait. Elle n'avait pas besoin de connaître les miennes.

— Explique-les-moi, exigeai-je en balançant mes pieds devant moi pour faire croire à une plus grande menace. Je mérite de le savoir.

— Tu ne mérites rien! siffla Dash. Et tu n'auras rien en dehors de ce qui t'attend!

Là-dessus, elle bondit vers moi. Au lieu de déchaîner une tempête de magie, elle me griffa la joue. J'oubliai immédiatement la douleur sourde de mes épaules, remplacée par la vive brûlure de cette plaie. Je poussai un cri de douleur, mais le mouvement de mes muscles du visage amplifia la sensation.

Une goutte de sang frais roula sur ma joue et tomba sur mon tee-shirt où elle laissa une vilaine tache rouge.

Dash ne tint pas compte de ma détresse pendant qu'elle retournait en flottant jusqu'au sol avant d'étudier ses griffes couvertes de sang, ses yeux verts écarquillés d'étonnement.

— *Ça alors*. Eh bien, ça explique un certain nombre de choses.

— Quelles choses ? Que se passe-t-il ? Pourquoi me fais-tu ça ?

Je me recroquevillai contre l'arbre, ce qui sembla faire plaisir à la chatte noire diabolique.

Elle fit les cent pas devant moi avant de se retourner.

— Mon assistante trop bavarde t'a déjà révélé plus que tu as besoin de savoir, mais je vais te donner cette dernière petite information.

Dash regarda Virginia par-dessus son épaule. Elle était toujours coincée dans un tourment silencieux.

— Regarde-la. Elle vit son pire cauchemar en ce moment.

Et d'après le masque de terreur figé sur le visage de Virginia, je sus que Dash était maintenant sincère.

Je frissonnai, détestant le fait que la vérité soit

plus effrayante que le mensonge. Sinon, pourquoi Dash m'aurait-elle fait cette révélation ?

— De quoi s'agit-il ? bafouillai-je en cherchant mes mots, souhaitant faire mon possible pour que la conversation dure plus longtemps. Des araignées ? Des clowns ? De grands requins blancs ?

Dash sourit.

— C'est la beauté de la magie des illusions. Je n'ai pas besoin de le savoir. La magie trouve les craintes, les désirs, tout ce dont j'ai besoin et elle s'y accroche. Virginia était une idiote, mais c'était encore plus facile de la convaincre de m'écouter une fois que ma magie a sondé son cœur et trouvé ce dont j'avais besoin.

— Tu es une sorcière de l'illusion ?

Je ne savais pas exactement ce que cela signifiait, mais ça me paraissait effrayant.

Dash me sourit encore.

— La meilleure qui ait jamais vécu.

— Je sais pourquoi Virginia voulait se débarrasser de Merlin, mais pourquoi toi ?

Bizarrement, je commençais à souhaiter que Dash veuille bien se retransformer en policière grincheuse. Cette nouvelle version féline était bien pire.

Elle secoua la tête.

— *Ha, ha, ha !* Je n'ai aucun besoin de révéler

mon plan à quelqu'un comme toi. Je ne t'ai parlé de Virginia que pour que tu saches ce qui allait arriver et que tu le craignes davantage.

Je la regardai dans les yeux, ne souhaitant plus me recroqueviller de peur.

— Tu ne t'en sortiras jamais…

Mais Dash m'interrompit en faisant bruyamment claquer sa langue par deux fois. Dès cet instant, le monde tout entier disparut, me laissant coincée dans une mer d'obscurité infinie.

Nooooooooon !

23

— **B**onjour? criai-je dans le vide qui résonnait, mais personne ne répondit.

Troublée, je trébuchai en avant, incapable de sentir le sol sur lequel mes pieds se déplaçaient. Je ne sentais rien, pas même le métal froid qui avait précédemment attaché mes poignets.

Un tout petit rayon de lumière apparut sur l'horizon et je me précipitai dans sa direction, cherchant désespérément à sortir de cet endroit sombre. Je ne pouvais toujours pas ramener mes mains en avant, même si je ne sentais plus les menottes sur ma peau, alors je me dandinai plus que je ne sprintai vers ma destination.

Quand je m'approchai, la petite lumière se mit à

pulser et à s'agrandir, et Merlin en sortit dans toute sa gloire de Maine coon. Au lieu du vert brillant habituel, ses yeux étaient profondément noirs, sans vie, sans âme.

— Je ne t'ai pas choisie. Je me suis retrouvé coincé avec toi, dit-il d'un air méprisant en s'attaquant directement à ma peur secrète.

— Non, non. Ce n'est pas vrai, dis-je en me souvenant de notre conversation.

Je n'avais pas été son premier choix, mais il était très heureux que nous ayons fini ensemble.

— Tu mens, affirmai-je en serrant les dents.

Et là-dessus, le faux Merlin s'évanouit en un nuage de fumée qui disparut dans l'obscurité.

— Tu étais une illusion, me rassurai-je. Juste une illusion.

J'avais perçu le mensonge du chat imposteur et il m'avait laissé tranquille. Il me suffisait de ne pas oublier de trouver la vérité. Avec un peu de chance, cela allait me libérer de cet endroit horrible.

Une autre lueur vacillante apparut au loin à ma droite, et je m'avançai vers elle, me préparant à ce que je risquais d'y trouver.

Une grande silhouette d'homme apparut. Je ne pouvais pas distinguer ses traits, mais je le reconnus dès qu'il parla. *Harold.*

— Tu ne m'as peut-être pas tué, mais c'est de ta faute si je suis mort, me dit-il avec beaucoup de colère.

Que pouvais-je répondre à ça? Je ne pouvais pas nier le rôle que j'avais joué. Cette accusation était parfaitement vraie.

Harold continua, nourrissant ma culpabilité, la faisant grandir encore et encore.

— J'ai toujours su que tu étais une employée qui ne valait rien, mais je t'ai gardée par bonté de cœur. Et comment m'as-tu remercié? Ha!

— Je suis désolée, marmonnai-je alors que des larmes commençaient à se former aux coins de mes yeux, troublant ma vue. Je suis vraiment, vraiment désolée.

— C'est un peu trop tard pour ça, ricana-t-il. Et que se passera-t-il si tu sors d'ici en vie? Vas-tu aussi tuer ton prochain patron?

— Je...

Ma voix se brisa.

— Je n'ai pas voulu tout cela. Je suis vraiment, vraiment désolée.

— Je n'ai personne pour me pleurer et c'est de ta faute, s'emporta-t-il.

— Non, chuchotai-je en redressant la tête. Vous manquez beaucoup à votre fille Kelley. Tout ce qu'elle voulait, c'était une occasion de vous connaître. Et elle cherche toujours à découvrir qui vous étiez, même si vous êtes parti, même si sa mère ne le souhaite pas. Et j'essaie de l'aider. Je lui ai raconté des anecdotes. Je l'ai aidée à tenir tête à sa mère...

Et c'est alors que je compris.

— Je ne vous ai jamais beaucoup aimé, continuai-je en utilisant cette occasion pour me soulager d'un poids. Mais je ne voulais pas vous voir mourir. Et ce n'est pas de ma faute. Oui, ils ont essayé de me faire porter le chapeau, mais je n'ai pas choisi ce monde magique. C'est lui qui m'a choisi. Même si je suis vraiment désolée pour ce qui vous est arrivé, Harold, ce n'était pas de ma faute.

Pouf! Sa silhouette se transforma en un nuage de poussière sombre et s'envola dans l'abîme.

— J'ai fini de me mentir! hurlai-je dans l'obscurité envahissante. Tu m'as peut-être coincée dans une illusion, mais je connais mon propre cœur! Je connais mon propre esprit!

L'agent Dash apparut devant moi sous la forme d'un hologramme semi-transparent. Pas dans une nouvelle version féline, mais dans sa tenue de policière.

— Tu penses être plus rusée que mon illusion?

— Je sais que je le suis, criai-je en regrettant de ne pas pouvoir secouer le poing dans sa direction.

Elle rit doucement au début, puis de plus en plus fort jusqu'à être à bout de souffle. L'agent Dash respirait difficilement.

— Ne sois pas stupide. Il ne s'agit pas d'un film familial dans lequel la princesse a simplement besoin de croire en elle pour battre son adversaire bien plus qualifiée. Tu n'es pas une princesse. Tu n'as pas de pouvoirs, et tu ne gagneras pas.

— Si, je gagnerai! criai-je à l'hologramme, mais elle se contenta de rire plus fort.

— Très bien. Choisis la méthode la plus dure. Je m'en moque. Tu finiras par comprendre que c'est inutile.

Et là-dessus, l'agent Dash disparut, me laissant dans l'obscurité la plus totale.

Je trébuchai en avant, ne souhaitant pas abandonner. J'avais battu les deux premières illusions. Je pouvais en battre d'autres. Je pouvais m'échapper de cet endroit.

Et j'eus beau errer pendant des lustres, aucune nouvelle lumière n'apparut, et je me lassai bientôt de les chercher...

Était-ce vraiment ainsi que tout allait se terminer?

24

Même le temps était une illusion dans cette prison de l'esprit. Il s'écoulait à l'infini en ne conduisant nulle part. J'allais perdre l'esprit ici, si ce n'était pas déjà le cas. Je ne pouvais rien faire de bien pour Merlin non plus, ce qui signifiait qu'il allait bientôt se faire dominer par la sinistre Dash.

Je ne savais pas pourquoi cette sorcière s'était focalisée sur nous, mais je savais maintenant que nous ne pouvions pas gagner. Elle était simplement trop puissante.

Éprouvée, mais pas encore complètement vaincue, je fermai les yeux et j'essayai de créer ma propre série d'images mentales afin de rompre la monotonie de ce vide. Le sourire de ma mère quand nous mettions du maquillage côte à côte devant ce vieux miroir, grand-mère Grace m'apprenant à danser la valse pour me préparer à mon premier bal du collège, même Merlin me parlant pour la première fois et m'ouvrant les yeux sur un nouveau monde magnifique et dangereux.

— Montre-moi la vérité, dit-il dans mon souvenir, puis il ouvrit la bouche et laissa échapper un petit souffle de magie scintillante.

L'obscurité se replia sur elle-même, révélant l'herbe verte, le ciel bleu et un grand soleil.

Non, ceci n'était pas un souvenir. Cela se produisait vraiment.

— Je savais que ce sérum de vérité méritait les quelques minutes supplémentaires nécessaires à le préparer, me dit mon chat en frôlant mes poignets avec son pelage doux, me libérant des menottes.

— Que se passe-t-il ? cria Virginia en s'éveillant de son illusion et en chancelant dans notre direction.

— Pas si vite ! ordonna Merlin, puis il frappa le sol de ses pattes arrière et envoya deux petits cyclones tourbillonner en direction de Virginia. Quand ils l'atteignirent, ils s'entrecroisèrent autour de son torse, la piégeant entre les vents violents.

Je n'avais encore jamais vu une manifestation aussi puissante de la magie de mon chat auparavant, et maintenant que c'était fait, j'étais très contente qu'il soit de mon côté.

— Comment m'as-tu retrouvée? demandai-je en ramenant mes bras devant moi pour apaiser la douleur dans mes épaules.

Maintenant que je m'étais échappée de l'illusion, j'avais à nouveau mal partout.

— Facile, révéla Merlin en déclenchant une autre paire de tornades avec la patte et en les envoyant vers Dash. J'ai suivi notre lien familier. C'est comme une balise.

Je vis la chatte noire éviter les tourbillons avec agilité, filant d'un côté à l'autre.

— Si tu veux bien m'excuser un instant, dit mon chat en passant sur les pattes arrière, avant de retomber à quatre pattes en martelant le sol.

Une volée de stalactites de glace descendit du ciel et forma une cage autour de Dash, ressemblant beaucoup à la prison de fleurs et de piquants que Luna avait créée pour enfermer Merlin.

— Tu ne me battras jamais, siffla Dash en se jetant contre les barreaux de sa prison glacée.

— Ce sont de bien grands mots pour quelqu'un qui est coincé dans une cage, plaisanta mon chat. Pourquoi as-tu enlevé mon familier? Et que fait l'autre ici?

Dash hérissa les poils.

— Je ne te dois...

— Dis la vérité, ordonna Merlin en soufflant ce qu'il restait du brouillard scintillant de potion.

Waouh, mon chat était un sorcier et un dragon crachant de la magie. J'allais devoir penser que c'était cool plus tard. Enfin, après être sortie d'ici en vie.

Le chat noir lutta pour ne rien dire, mais les mots sortirent un par un.

— La... seule... qui... peut... m'empêcher... d'accomplir... ma... destinée.

Elle souligna cela en sifflant longuement avec colère.

Merlin s'avança d'un pas léger vers la cage et s'installa juste hors de portée de Dash.

— Oh, ceci est donc une de ces drôles d'affaires de prophétie? Bizarre, je croyais qu'elles avaient été interdites.

— Pas la prophétie. La *lignée*.

Pendant que Dash s'étranglait et cherchait à respirer, Merlin inclina nonchalamment la tête sur le côté.

— Quel est le rapport avec la lignée?

— Mon... ancêt...

Dash retint sa respiration et tomba sur le côté, avant de laisser échapper un long miaulement aigu.

— Mon secret mourra avec vous deux ! cria-t-elle, n'étant plus affectée par le sortilège.

— Eh bien, c'est dommage, dit Merlin en faisant le tour de la cage de glace. Parce que nous n'avons pas envie de mourir aujourd'hui. N'est-ce pas, Gracie ?

Je secouai la tête et je marmonnai :

— Non.

À l'intérieur de la cage, Dash fit claquer sa langue et se transforma en insecte minuscule, s'envolant facilement entre les barreaux. Elle se retransforma en chat noir en plein vol et tomba sur le sol avec un bruit sourd perturbant.

— Bien joué, dit Merlin en faisant le dos rond et en gonflant sa queue comme un chat à Halloween. Attends de voir ce que je sais faire avec un peu d'électricité statique.

Le ciel s'assombrit et quelque part au loin, le tonnerre gronda. J'espérais que l'arbre allait m'abriter de l'orage terrible qui arrivait. Ou au moins que mon chat avait assez de maîtrise pour éviter de me frapper par la foudre.

— Non ! Merlin, stop ! cria une voix féminine.

Un mouvement flou et blanc se précipita au milieu de la scène et se jeta entre les deux sorciers en guerre. *Luna !*

La sorcière absente de Virginia était arrivée et je

songeai qu'elle n'allait sans doute pas être de notre côté. Merlin s'était bien battu contre Dash, mais il était impossible qu'il gagne contre deux sorcières plus expérimentées.

Je chuchotai une prière pour nous deux en observant, impuissante, depuis l'ombre des grandes branches d'arbre. J'espérais avoir déjà stocké assez de magie pour être utile à Merlin, car je n'avais rien d'autre à lui offrir dans ce combat.

25

_J_e vous ai dit de rester loin de ma propriété! cria Luna contre Merlin et moi, nous regardant tour à tour. Maintenant, libère immédiatement mon familier!

Merlin regarda droit devant lui en écarquillant les yeux, obéissant immédiatement à l'ordre de la sorcière des jardins.

— Non, Merlin. Ne fais pas ça! criai-je en essayant de le tirer du sortilège qu'il subissait.

— Mais je dois écouter Luna, me dit-il, le regard vide.

Oh oh, le sort qu'elle m'avait forcé à lui donner l'autre jour! Il faisait maintenant effet. Je me souvins de mon sentiment d'impuissance quand j'avais lutté contre son ordre de verser la potion dans le bol d'eau, et quand j'avais essayé de le prévenir le lendemain matin.

Je n'avais pas pu m'empêcher de faire ce qui avait été ordonné, et il semblait que c'était maintenant le cas de Merlin.

Argh. Nous étions complètement foutus.

Luna courut vers Virginia et l'examina vite à la recherche de blessures.

— Que se passe-t-il? demanda-t-elle à son familier.

— Je ne sais pas, sanglota la vieille femme élégante.

— Mensonges! hurla Dash qui semblait maintenant complètement dérangée avec les yeux qui sortaient de leurs orbites.

Elle regarda droit vers le ciel, puis elle fit ce bruit de claquement qui signalait l'arrivée d'un sort. Un mirage prit forme devant nous.

Dans l'image vacillante, Virginia était assise et elle discutait avec l'agent Dash pendant qu'ils prévoyaient de tuer Harold et de rejeter la faute sur moi.

— Mais qu'en est-il de ta sorcière? avait demandé Dash à Virginia.

— Elle peut mourir aussi, je m'en moque, fulmina Virginia dans le mirage.

Je ne voyais pas Luna à travers ces images, mais je l'entendis demander :

— Tu serais prête à me trahir ?

— Elle l'a déjà fait, annonça Dash en faisant claquer sa langue pour supprimer l'image.

Je ne savais pas si elle nous avait montré une illusion ou un souvenir. Les deux étaient aussi probables… et tout aussi accablants.

Luna agita la queue et poussa un cri de lamentation. L'énorme magnolia derrière moi s'éleva hors de terre.

Virginia essaya de courir, mais l'arbre utilisa un de ses membres pour la soulever très haut dans les airs et la maintenir captive.

— Pourquoi ? cria Luna en luttant pour commander l'arbre gigantesque.

— Tu ne m'as pas laissé le choix, aboya Virginia. La magie était importante pour toi autrefois, mais dernièrement tu as agi comme une idiote en mal d'amour au point de ne pas faire attention à ce qui est vraiment important. Avec son nouveau familier en prison, Merlin n'aurait pas pu continuer à pratiquer la magie, et tu aurais été forcée d'arrêter de te languir pour lui et de te concentrer sur l'accroissement de notre pouvoir.

Luna baissa les yeux et l'arbre jeta Virginia en

l'air, puis la rattrapa avec ses branches juste avant qu'elle s'écrase sur le sol.

La pitoyable femme hurla tout le long en montant et en descendant.

Tout le corps de Luna tremblait, mais elle ne semblait pas vouloir céder.

— Ce n'est pas *notre* pouvoir. C'est le mien. Ça a toujours été le mien. Tu n'étais qu'une servante.

— Je te considère comme bien plus qu'une servante, m'assura Merlin pendant que nous regardions tous les deux la scène, médusés.

— Tu ne mérites pas la magie dont tu as été dotée, cria Virginia à sa sorcière.

Luna inclina la tête sur le côté en luttant sous le poids de sa magie.

— Ah bon? demanda-t-elle avant de hocher la tête en direction de l'énorme trou dont l'arbre avait émergé.

Nous regardâmes tous l'arbre marcher sur ses racines et se replanter dans la terre avant de s'immobiliser. Quand il fut installé à sa place, Luna chassa sa fatigue et se mit à courir.

Virginia descendit de l'arbre et dès qu'elle toucha le sol, Luna sauta sur ses épaules, les griffes sorties.

— Aïe! cria Virginia, mais personne n'eut pitié d'elle.

— Tu penses que je ne mérite pas ma magie ? demanda Luna sans attendre de réponse à sa question. Comme tu veux ! Je renonce à mon pouvoir et je coupe le lien qui existe entre nous.

Le sol trembla et Virginia tomba à genoux.

Luna bondit sur le côté juste avant l'impact.

— Que se passe-t-il ? cria Virginia pendant que son image clignotait et devenait floue.

Un nuage vert s'éleva de leur corps, créant un brouillard épais à travers lequel il était difficile de voir.

— Je ne suis plus une sorcière et tu n'es plus mon familier. La magie est libérée ! déclara Luna.

— Noooooooon ! hurla Virginia en courant à la suite du brouillard et en cherchant à l'attraper comme si elle pouvait saisir l'air.

Je ne la voyais pas très distinctement à travers le brouillard magique. À la place, j'observai l'air qui bougeait autour d'elle.

Et si je ne voyais rien, je me dis que Virginia non plus.

Petit à petit, le brouillard se condensa en formant une épaisse vague qui ondulait.

Virginia resta fixée sur sa poursuite de la magie, emportée dans la vague, si concentrée pour essayer de saisir le pouvoir qu'elle ne réfléchit pas à l'endroit où se dirigeait maintenant la magie expulsée.

Horrifiée, je la vis se cogner contre le puits qui avait servi de chaudron à Luna et basculer par-dessus le rebord, incapable de se rattraper avant de disparaître dans le trou sombre avec le reste de la vague… retournant à la source du pouvoir.

Un instant plus tard, la magie avait disparu et un craquement bruyant s'éleva dans les airs.

— Bon, elle est morte, dit Merlin à côté de moi, sans le moindre regret.

C'est alors que je me mis à pleurer, inutile créature non magique que j'étais. Même si Virginia avait essayé de me faire porter le chapeau d'un meurtre et de m'envoyer en prison, elle avait été une personne vivante.

Maintenant, elle ne l'était plus.

Et avec Luna et Dash toujours là et prêtes au combat, je pouvais très bien être la suivante.

26

Luna poussa un hurlement de lamentation et courut vers le puits à la poursuite de son familier perdu.

— Je ne voulais pas la tuer, seulement l'arrêter! cria-t-elle. Son contact avec le pouvoir l'a rendue folle. J'aurais dû faire plus attention avant de l'engager. Tout est de ma faute.

— Ce n'est pas de ta faute, affirmai-je en me souvenant de ma conversation avec le faux Harold dans l'illusion de Dash.

Même si j'avais joué un rôle dans la mort de mon patron, ça n'avait pas été de ma faute.

La même chose était vraie pour Luna maintenant : Virginia avait fait ses propres choix. Elle avait trahi sa sorcière. Elle avait aveuglément poursuivi la magie qui s'évaporait, et elle était par conséquent tombée dans le puits.

C'était drôle de me dire que j'avais considéré Luna comme une ennemie alors qu'elle était tout aussi blessée par les événements de la journée que Merlin et moi. Je compatissais avec cette fine chatte blanche, dont les yeux précédemment verts commençaient à devenir d'un bleu presque maladif.

Cela me rappela qu'elle avait abandonné sa magie. Elle ne pouvait plus nous faire de mal, désormais. Elle ne pouvait plus jamais nous faire de mal.

— Où est l'autre? cria Merlin à côté de moi, préparant déjà ses pattes arrière à invoquer une tornade et reprendre le combat.

Je regardai Merlin, puis le jardin. Luna sanglotait à côté du puits, mais Dash, bien plus dangereuse, avait disparu.

— Non! Elle s'est enfuie, grognai-je.

Apparemment, notre véritable ennemie s'était servie du brouillard magique pour partir sans se faire repérer. Je me demandai alors si cet épais brouillard venait du lien rompu ou bien si c'était un sort d'illusion lancé par Dash.

— Quelle lâcheté! cracha Merlin avec un rictus de dégoût.

— Non, au contraire, rétorquai-je en secouant la

tête, souhaitant vainement que mon chat ait raison. Son plan A et son plan B ont échoué, alors elle a battu en retraite. Elle reviendra avec un nouveau plan et elle sera encore plus difficile à battre.

— Merlin, je suis vraiment désolée, miaula Luna depuis le rebord du vieux puits en pierre.

Quand il devint évident qu'elle n'avait pas l'intention de quitter sa veillée funèbre, Merlin et moi nous nous avançâmes pour la rejoindre.

Luna fixa son regard sur Merlin, les yeux ternes et remplis de chagrin.

— Mon familier a essayé de te détruire. Je pensais rendre service en coupant nos liens magiques, mais j'ai simplement aidé l'autre à s'échapper.

Même si je me sentais mal pour Luna après la mort de Virginia, je ne pouvais pas complètement laisser passer son rôle dans toute cette histoire.

— Tu as créé une potion, l'accusai-je, enfin capable de prononcer les mots que j'avais tant de fois échoués à dire.

Maintenant que la magie de Luna avait disparu, les sorts qu'elle avait lancés semblaient ne plus fonctionner.

— Tu m'as forcée à la donner à Merlin et tu as fait en sorte que je ne puisse pas l'avertir.

Luna écarquilla les yeux alors que Merlin se redressait sur ses pattes arrière et courbait le dos.

— Luna ! est-ce vrai ? demanda-t-il.

La chatte blanche baissa la tête, honteuse.

— C'est vrai ! criai-je en me tordant les mains. Elle m'a enlevée et elle a utilisé des cheveux de nous deux pour préparer sa potion. Je voulais te le dire, Merlin. J'ai vraiment essayé.

— Gracie, tout va bien. Je comprends pourquoi tu n'as pas pu résister au sort. Tu débutes dans tout ça, mais nous allons travailler à augmenter tes défenses afin que les autres aient du mal à te lancer des sorts. Tout ira bien.

Merlin avait un ton presque paternel. Il était peut-être déçu par l'enchaînement des événements, mais il ne m'aimait pas moins.

Les autres avaient raison. Notre lien était fort. Pas seulement au niveau magique, mais émotionnelle-ment aussi.

Le ton tendre de Merlin s'évanouit quand il se tourna pour s'adresser à l'autre chat.

— Pourquoi, Luna ? Tu as dit ne pas avoir parti-cipé au complot pour mettre mon familier en prison avant que notre lien soit entièrement créé, et pourtant tu as fait ça ?

Elle poussa un soupir en tremblant.

— Parle! aboya Merlin, ce qui était un bruit étrange venant d'un chat.

Luna poussa un petit cri et descendit d'un bond du rebord du puits contre lequel elle s'appuya. Elle regarda Merlin, puis elle détourna les yeux comme si elle venait de se brûler.

— Parle! cria Merlin avec encore plus de force.

La fine chatte blanche tourna ses yeux pâles vers moi.

— Je ne voulais faire de mal à aucun de vous deux. C'était un...

Elle continua à parler, mais en marmonnant si doucement que je ne parvins pas à distinguer ses paroles.

— Quoi? insistai-je en me penchant plus près pour l'entendre.

— Un sortilège d'amour. Une potion pour que Merlin retombe amoureux de moi!

La voix de Luna devint plus forte à chaque mot.

Je me tournai pour regarder Merlin qui écarquillait les yeux, la bouche légèrement entrouverte.

— Je t'aime, Merlin, continua-t-elle en s'avançant et en venant se placer à moins de deux centimètres de son ex stupéfait. Depuis toujours. J'ai fait un effort pour te détester depuis que nous avons tous les deux pris nos familiers. Je connaissais les lois de notre société. Et pourtant... T'oublier était l'unique sort que je ne pouvais pas lancer.

Elle s'arrêta quand ils se regardèrent dans les yeux, puis elle avança d'un pas hésitant.

— Maintenant, j'ai abandonné ma magie dans l'espoir que nous puissions être ensemble. Je te protégerai toute ma vie, avec ou sans magie pour m'aider. Je t'aimerai pour toujours, quoi qu'il arrive. M'aimeras-tu aussi ?

Je retins ma respiration en attendant la réponse de Merlin... Franchement, je ne savais pas à quoi m'attendre.

27

Le Maine coon fatigué par la bataille fit un pas en arrière, puis un autre.

Luna venait de lui ouvrir son cœur et pourtant il semblait chercher un moyen de fuir. J'aimais mon chat, mais j'allais le tuer s'il avait vraiment l'intention de briser son cœur une deuxième fois.

Oui, Luna m'avait enlevée, mais maintenant que je comprenais pourquoi, c'était en réalité assez mignon. Si l'on ajoutait le fait qu'elle avait abandonné sa magie au cas où il l'aimait en retour, ces chats méritaient de figurer dans les histoires d'amour classiques. Tant que l'affection de Luna était réciproque.

Allez, Merlin ! Dis-lui que tu l'aimes, espèce de crétin poilu !

Merlin fit un autre pas en arrière, puis il se tourna dans la direction opposée.

Et il courut.

Je ne l'avais jamais vu courir aussi vite. Il se déplaça rapidement, proche du sol, puis il zigzagua et piqua un sprint dans une autre direction.

— *RAOURAOURAOU!* cria-t-il comme un chat possédé.

Sa queue était ébouriffée. Il haletait. Mais il continua à courir et à miauler et à courir encore.

— Je suis désolée pour son comportement, dis-je à Luna pendant que nous observions le spectacle.

— Pourquoi être désolée? Il m'aime. Il m'aime tant qu'il a les *zoomies*!

Luna regarda Merlin faire la fête avec l'émerveillement d'une femme très amoureuse.

J'éclatai de rire, de joie et de soulagement à la fois.

— C'est ça qu'il a? Les *zoomies*?

Merlin ralentit et revint vers nous en trottinant. M'ignorant complètement, il garda les yeux rivés sur Luna, puis il se colla contre elle et frotta son visage contre le sien.

Les deux chats se mirent à ronronner bruyamment en continuant à se lécher et se frotter. Toute la scène me mit un peu mal à l'aise, pour être honnête.

Je me demandais si nous allions avoir une portée de chatons sorciers très prochainement.

Quand il s'arrêta enfin pour respirer, Merlin gémit :

— Oh, Luna. Tu n'étais pas obligée de me jeter un sort. Je n'ai jamais arrêté de t'aimer. Pas un instant.

Je m'éclaircis la gorge, sachant que si je ne parlais pas maintenant, j'allais très vite être sujette à une autre marque d'affection en public de leur part.

— Euh, les gars. Je suis vraiment heureuse pour vous, mais nous avons toujours quelques problèmes à régler.

— Elle est toujours concentrée sur le travail, celle-ci, plaisanta Luna. Apparemment, tu as bien mieux choisi ton familier.

Elle jeta brièvement un regard vers le puits et soupira.

Merlin s'avança vers Luna et appuya son corps contre elle. Même si elle était une grande chatte fine, la masse de poils marron de Merlin le faisait paraître beaucoup plus grand qu'elle. En fait, la moitié du corps de Luna semblait disparaître dans ses poils magiques.

Les deux chats me regardèrent attentivement et je supposai que c'était pour m'indiquer de parler librement.

Je lâchai donc tout ce que j'avais sur le cœur.

— Harold a malgré tout été assassiné et je suis encore une suspecte, je crois.

— Tu crois ? demanda Merlin.

— Eh bien, l'agent Dash menait l'enquête, et apparemment ce n'était pas une vraie policière. C'est la partie dont je ne suis pas certaine.

Je me mordis la lèvre en attendant sa théorie sur tout cela.

— La sorcière de l'illusion ? demanda Luna.

Je hochai la tête. J'acceptais les réponses de n'importe quel chat qui voulait bien me les donner.

— Elle ne restera pas dans les parages où elle est facile à trouver, assura Luna. En outre, ton lien avec Merlin est maintenant impossible à briser. Il pourra te trouver et te sauver où que tu sois.

— Cette enquête est donc tuée dans l'œuf ?

— L'enquête n'a jamais vraiment existé. Dash a tout fabriqué depuis le début, conclut Merlin avec un sourire satisfait.

Je me sentais néanmoins mal à l'aise.

— Comment le sais-tu ?

— Parce que j'ai vu le corps, tu t'en souviens ? J'ai vu qu'il avait été assassiné par magie, mais pour un observateur humain ordinaire, cela donnait l'impression que Harold était mort d'une crise cardiaque sévère et soudaine.

Je secouai la tête, souhaitant lui faire confiance là-dessus, tout en ayant besoin d'être certaine de son information.

— Je ne comprends pas. Comment Dash s'attendait-elle à ce que je porte le chapeau si tout était normal ?

— Nous ne connaissons pas ses motivations précises, mais comme elle était sorcière de l'illusion, elle avait de nombreuses possibilités, expliqua Luna pendant que Merlin ronronnait à ses côtés. Elle aurait pu faire semblant d'être une gardienne de prison, imiter des rapports, te faire croire que tu avais été arrêtée par les humains alors qu'elle te conduisait dans une espèce de prison magique. La bonne nouvelle est qu'elle n'essaiera pas deux fois la même chose, alors pour l'instant, tu peux arrêter de t'inquiéter à son sujet.

Je poussai un soupir.

— Comment puis-je ne pas m'inquiéter en sachant qu'elle reviendra presque certainement ?

— C'est un problème pour plus tard, me dit Luna. Pour l'instant, profite du moment. Vis et aime.

Oh non. Je levai les yeux au ciel mais aucun des deux tourtereaux ne sembla le remarquer.

Malgré tout, je me sentais très mal.

— Très bien, très bien, je suis tirée d'affaire pour l'instant, mais un homme innocent est quand même mort.

— C'est malheureux, mais ce n'est pas comme si nous pouvions nous faire pardonner par lui, me dit Merlin.

— Par lui, non. Mais il y a quelqu'un d'autre. Et j'ai une idée...

28

Après la fin de notre grande confrontation, Merlin nous téléporta tous les trois à la maison.

J'allais devoir trouver un moyen de retourner à ma voiture, si elle n'avait pas été mise à la fourrière pendant mon absence. Pour l'instant, il fallait simplement que je prenne quelques antidouleurs et que je passe du temps à ne rien faire sur mon canapé.

J'avais enfilé mon pyjama préféré et je m'étais étalée sur le sofa avec ma tablette, tout à fait prête à regarder cette nouvelle série sur Netflix dans tout le monde parlait. Malheureusement, le générique de début n'était même pas terminé quand Merlin sauta sur ma poitrine et bloqua ma vue de l'écran.

— J'ai demandé à Luna d'emménager avec nous, et elle a accepté, m'informa-t-il en ronronnant.

Eh bien, j'avais l'impression qu'il aurait dû me poser la question d'abord, mais même moi, je comprenais que Luna n'ait pas d'autre endroit où vivre. Et même si je n'avais jamais connu de grand amour, je le reconnaissais clairement chez eux. Je voulais qu'ils soient ensemble et heureux, même si cela obligeait à accepter une autre colocataire.

— Félicitations, dis-je avec un sourire endormi.

Merlin hocha la tête.

— D'accord. Je voulais juste m'assurer que tu saches comment ça allait se passer. Je te laisse continuer.

Pendant que je profitais de ma série, Merlin fit faire à Luna le grand tour de notre maison, qui n'était pas si grande que ça. Elle était même plutôt petite et remplie de meubles démodés. Malgré tout, je l'entendis de temps en temps s'exclamer pour des choses comme le rideau de douche, la cafetière et la litière. Il est vrai que la cafetière était impressionnante, mais le reste ? Je suppose qu'elle préférait l'esthétique hétéroclite de ma grand-mère aux fleurs de Virginia.

Quelque part au cours de mon troisième épisode, la chatière s'ouvrit et se referma. Je supposai que les deux tourtereaux étaient partis se promener dans le quartier, mais juste après, Luna sauta sur la table basse et attendit que je mette ma série en pause avant de parler.

— J'ai envoyé Merlin dehors pendant un moment, dit-elle en s'installant dans une position plus confortable. Afin que nous ayons un peu de temps pour parler.

Je me redressai et je tapotai le canapé à côté de moi.

— Que se passe-t-il ?

Luna s'approcha et inspira profondément avant de se lancer dans ce qui me sembla être un discours préparé.

— Au début, je n'étais pas certaine que tu sois à la hauteur de mon Merlin. C'est pour cette raison que je t'ai donné du fil à retordre. Mais aujourd'hui, tu as prouvé que tu étais plus que méritante. Tu as été très courageuse, mais surtout, tu as été là pour lui dans une situation terrifiante. Et tu ne t'es pas enfuie, tu ne l'as pas abandonné. J'ai eu tort à ton sujet et je voudrais m'excuser.

J'écarquillai les yeux en comprenant l'importance de ses mots.

— Bien sûr que j'étais là pour lui, c'est mon chat. Et maintenant que tu vas vivre avec nous, je serai là pour toi aussi.

Luna se mit à ronronner.

— Ce sera agréable d'avoir une humaine qui m'aime, pour changer. Virginia aimait seulement mon pouvoir. J'aurais dû faire plus attention en la choisissant, mais j'étais blessée et j'avais l'esprit ailleurs, car Merlin et moi allions devoir mettre fin à notre relation pour prendre nos véritables places dans la communauté magique.

Elle marqua un temps d'arrêt avant de reprendre.

— Je sais que nous venons juste de nous rencontrer et que la plupart de nos confrontations ont été négatives jusque-là, mais Merlin a confiance en toi, et cela me suffit. Je t'aime, comme il t'aime.

— Merci, Luna. Ça me touche.

Elle se frotta le nez contre mon visage pour montrer son affection, mais je m'écartai et je laissai échapper un sifflement de douleur.

— Que se passe-t-il? demanda Luna, dont l'inquiétude se refléta dans ses yeux couleur de bleuet.

— Dash m'a fait une coupure assez horrible, dis-je un levant les doigts vers mon visage et en grimaçant encore.

— Oh non, gémit-elle. Merlin et moi avons été si absorbés l'un par l'autre que nous n'avons même pas soigné tes blessures. Dès qu'il reviendra, il te préparera un baume agréable.

— Ce serait bien, avouai-je, incapable de refuser la promesse d'une aide.

— As-tu mal autre part ? voulut savoir Luna.

— J'ai mal aux épaules à force d'être restée menottée trop longtemps, mais Dash ne m'a pas du tout touchée. Sauf quand elle m'a griffée. C'était vraiment bizarre, à vrai dire. Elle a regardé mon sang et a dit que cela expliquait certaines choses. Que penses-tu qu'elle voulait dire ?

Luna secoua la tête.

— Je ne sais pas. Normalement, les sorcières d'illusion ne savent pas lire les matériaux biologiques, alors si Dash l'a fait, elle est exceptionnellement puissante.

Cela me fit frissonner.

— Eh bien, ça ne me rassure pas du tout pour notre prochain combat.

— Non.

Le regard de Luna se perdit dans le vide comme si elle voyait quelque chose qui m'échappait.

— Mais il y a un moyen d'apprendre ce qu'elle sait.

— Ah bon ?

Elle avait piqué ma curiosité.

— Merlin t'a-t-il parlé de Nocturna ?

Je secouai la tête, même si ce mouvement réveilla la douleur de ma coupure.

— Ce n'est accessible que la nuit, mais un grand nombre d'entre nous y vivent au grand jour, expliqua Luna en chuchotant presque, comme si l'endroit était sacré. Nous pouvons t'y conduire, trouver un sorcier du sang et lui demander de nous dire ce qu'il voit.

— Pouvons-nous nous y rendre ce soir ? demandai-je avec espoir.

— Je ne vois pas d'objection. Mais ce sera à Merlin de décider. C'est le seul d'entre nous avec un passeport magique, maintenant.

— D'accord, je lui poserai la question quand il rentre, dis-je avec un petit sourire de gratitude.

— À vrai dire, ma chérie, laisse-moi faire. Je sais exactement comment obtenir un accord de la part de notre Merlin.

Elle me fit un clin d'œil avant de partir d'un bond.

Je grimaçai, mais je parvins heureusement à éviter l'image mentale des méthodes de persuasion de Luna. J'avais déjà assez de raisons de m'inquiéter, merci beaucoup.

29

Je ne faisais que retarder le moment. Je savais qu'il me fallait être debout et active la nuit pour visiter la ville magique que Luna avait appelée Nocturna, mais avant de pouvoir y aller, je devais m'occuper d'une dernière chose aujourd'hui.

Après une rapide conversation avec Merlin pour confirmer que ce que j'avais prévu était possible, j'envoyai un texto à Kelley en lui demandant de me rejoindre. Elle m'invita au café pour une autre tournée de lattes et de cake congelé à la banane et aux noix.

Quand j'eus récupéré ma voiture et roulé jusque chez Harold, je la découvris travaillant avec la machine à expresso. Un grand sourire s'étala sur son visage quand elle m'aperçut.

Je me précipitai pour la serrer dans mes bras.

— Tu as l'air d'aller bien mieux aujourd'hui. Est-ce que ça veut dire que tu as eu une bonne nouvelle ?

Le sourire de Kelley s'élargit.

— L'avocat de mon père m'a contacté aujourd'hui au sujet du testament. Il l'a modifié il y a environ quatre semaines et il m'a tout légué. Il n'a peut-être pas pris beaucoup de temps pour apprendre à me connaître, Gracie, mais mon père m'aimait.

Je la serrai encore dans mes bras.

— Oh, je l'ai toujours su ! m'exclamai-je, alors que je n'en avais eu aucune idée. Il voulait sans doute juste aborder votre relation avec prudence, en se disant qu'il avait plus de temps.

On s'assombrit ensuite.

— Je suis sûre que tu as raison, dit Kelley.

— L'agent Dash m'a contactée aujourd'hui, révélai-je.

Ceci était la seule partie vraie de mon aveu, mais je savais que Kelley avait besoin de l'entendre pour passer à autre chose.

— Ton père n'a pas été assassiné, finalement. Il a eu une crise cardiaque. Le médecin légiste qui a suggéré sa mort par empoisonnement a été renvoyé pour son erreur.

— Je suis ravie qu'il n'ait pas été assassiné, dit Kelley. Mais je suis toujours très triste qu'il soit parti.

Elle finit de préparer nos boissons et nous nous installâmes dans le grand box dans le coin. Bien sûr, je n'avais toujours pas révélé la plus grande partie de mon plan, et je savais que je ne pouvais pas le retarder encore, sinon je risquais de perdre courage.

— Alors, que vas-tu faire ensuite, Kelley? Vas-tu retourner dans l'Ohio avec ta mère?

Elle secoua la tête.

— Non, certainement pas. Je veux dire, pourquoi le ferais-je alors que j'ai maintenant ma propre affaire à gérer?

— Tu veux dire…?

— Oui! Le café est à moi. Je vais faire de gros changements au menu et au paiement des salaires… tu devrais gagner plus que ce que tu gagnes en ce moment… mais je vais garder le nom en l'honneur de papa.

— C'est merveilleux, Kelley. Tu seras une super patronne et il me tarde de connaître toutes tes idées!

Il s'avéra qu'elle était très pressée de les partager avec moi.

— Je peux t'en révéler quelques-unes maintenant, si tu veux. Pour commencer, les pumpkin soy latte ne sont plus réservés à l'automne. Nous en servirons toute l'année. De plus…

— Je déteste t'interrompre, particulièrement parce que j'adore cette idée, mais il y a quelque chose que je dois te dire, commençai-je, le cœur battant.

Kelley me regarda avec inquiétude :

— Tout va bien, promis-je.

— Alors, que se passe-t-il?

Je sortis une bouteille d'eau vide de mon sac. Merlin m'avait aidé à préparer la potion que je lui avais demandée, même s'il avait essayé de m'en dissuader plus d'une fois. Malgré tout, je savais que je prenais la bonne décision.

Je débouchai la bouteille d'eau et je la posai au milieu de la table. Il ne se passa rien. Du moins, c'est ce qu'aurait pensé quelqu'un qui ne savait pas qu'elle contenait une forme de magie invisible.

— Que fais-tu avec cette bouteille vide? demanda Kelley en levant un sourcil.

— Ne t'inquiète pas pour ça, dis-je en attendant qu'elle me regarde à nouveau.

Je ne poursuivis pas tant qu'elle ne me regardait pas dans les yeux.

— Cette question est un peu bizarre, mais je veux que tu me révèles la première réponse qui te passe par la tête. D'accord?

Kelley haussa les épaules, puis elle acquiesça.

— D'accord.

— Si tu pouvais souhaiter n'importe quoi, n'importe quoi dans le monde entier, que demanderais-tu ?

Elle ricana.

— Un peu comme s'il existait une marraine la fée ?

— Quelque chose du genre, répondis-je avec sourire discret. Tu n'es pas obligée de te presser. Tu peux prendre un moment si nécessaire, mais pas beaucoup plus. Alors, dis-moi, quel est ton grand souhait ?

Un sourire s'épanouit sur son visage.

— Eh bien, je suppose que je...

— Attends, criai-je en attrapant la bouteille et en la serrant fort. Inspire profondément d'abord, ordonnai-je en souhaitant m'assurer qu'elle respire tout.

J'observai Kelley pendant qu'elle aspirait la potion gazeuse invisible, attendant nerveusement ce qu'elle allait dire.

Mais elle savait exactement ce qu'elle voulait.

— Je veux faire honneur à l'héritage de mon père en faisant de la Maison du Café de Harold le café le plus prospère que cette ville ait jamais vu, dit-elle fermement.

— Tu y arriveras, lui promis-je.

Après tout, je venais de lui donner mon sort de « demande ce que tu veux ». Merlin m'avait averti que ce n'était pas une bonne idée, car il ne pouvait pas m'en faire un autre. Et oui, maintenant je ne pouvais plus devenir Lady Gaga, ou le roi Arthur, ni quelqu'un d'autre d'incroyablement célèbre... mais Kelley avait plus besoin de ça que moi, et je trouvais que c'était bien de lui offrir cette chance unique dans la vie, étant donné qu'elle avait tout perdu à cause de nous.

Je ne pouvais pas ramener Harold, mais je pouvais faire en sorte que sa fille soit heureuse en son absence, et c'était exactement mon intention.

30

Quand j'arrivai à la maison, je montrai la bouteille vide que j'avais utilisée pour faire passer mon souhait à Kelley aux deux chats.

— Oui, il a disparu, râla Merlin en se roulant par terre d'un air théâtral. Je n'arrive pas à croire que tu l'as donné.

— C'est quelqu'un de bien, dit Luna à Merlin en se frottant contre ma jambe et en secouant sa longue queue blanche. Mon familier s'est détruit en voulant trop de pouvoir. Le tien l'a volontairement cédé à quelqu'un d'autre. Tu as de la chance.

— C'est vrai, avoua Merlin avec un clin d'œil. Même si elle est un peu folle.

— Ce qui est fait est fait, dis-je en haussant les épaules.

Avant de partir voir Kelley, Merlin m'avait préparé une potion antidouleur, soulageant mes épaules et ma joue, ce qui signifiait que je pouvais bouger plus librement.

— Concentrons-nous sur ce que nous pouvons encore espérer changer.

— Es-tu certaine d'être prête à entrer dans Nocturna? me demanda Merlin avec sévérité. C'est assez surprenant pour les nouveaux, particulièrement quand on découvre la magie comme toi.

— J'en suis sûre, dis-je en pinçant les lèvres. Je préfère tout savoir.

— Le soleil se couche, annonça Luna, et nous regardâmes Merlin en attendant qu'il parle.

— Alors, allons-y, acquiesça-t-il.

Je suivis Merlin qui marchait lentement vers la porte.

Il passa par la chatière, mais Luna attendit que j'ouvre la grande porte.

— Souviens-toi que tu peux le faire, m'assura-t-elle avec un sourire.

J'inspirai profondément et je sortis dans le crépuscule.

Merlin s'était déjà installé sur le bassin aux oiseaux.

— Dès que le soleil disparaîtra à l'horizon, nous pourrons utiliser le chaudron comme un passage vers Nocturna. Ça ne devrait pas tarder.

— Comment vais-je passer là-dedans? dis-je d'une voix aiguë en examinant la petite fontaine en pierre.

— Avec la magie, évidemment! répondit Luna en riant avant de bondir pour s'asseoir à côté de Merlin.

— Approche-toi, dit-il en s'avançant dans l'eau et en posant une patte mouillée sur le front de Luna.

— Penche-toi plus près, ordonna-t-il.

Quand je fis ce qu'il demandait, il mouilla à nouveau sa patte et toucha ma tête.

— Luna passera la première, et moi le dernier pour m'assurer que tout se passe bien.

— Que tout se passe bien? Une seconde. Êtes-vous en train de dire que c'est dangereux?

— Ne t'inquiète pas pour ça, ma chérie, roucoula Luna.

Au loin, le soleil termina sa descente. Le chaudron se mit à briller d'un vert très vif et avala Luna en entier.

— Ho, je ne veux pas faire ça! gémis-je en faisant un grand pas en arrière.

— Trop tard, affirma Merlin avant d'invoquer un coup de vent qui me fit trébucher vers la fontaine.

Je fermai les yeux en me préparant à l'impact, et je criai et criai et criai, jusqu'à ce que je remarque que tout allait parfaitement bien.

Quand j'ouvris les yeux, je me trouvais sur un chemin de pierre sombre. Les deux chats étaient à mes côtés. Les bâtiments qui nous entouraient avaient été construits dans le style bavarois, blancs avec des poutres sombres en travers.

Luna me poussa en avant.

— Qu'en penses-tu ?

— On dirait que ça sort tout droit d'un conte de fées, dis-je en tombant immédiatement amoureuse de cette cité magique pittoresque.

— La zone a été colonisée pendant le sommet de la popularité des frères Grimm. Tout le monde voulait le décor des villages allemands, et Nocturna n'a pas dérogé à la règle, expliqua-t-elle avec une fierté évidente.

— Où est tout le monde, d'ailleurs ? demandai-je.

— Ils se réveillent, sans doute. Souviens-toi que nous autres les chats, nous avons tendance à être du soir, me rappela Luna, et elle avait raison.

— Suivez-moi, ordonna Merlin.

Luna et moi lui emboîtâmes le pas.

Il nous conduisit vers ce qui semblait être une charrette couverte, même s'il n'y avait rien pour la tirer.

— Nous avons besoin d'une consultation, cria Merlin depuis l'extérieur.

Un instant plus tard, un siamois red point sortit la tête de la charrette. Il écarquilla les yeux en apercevant Merlin.

— Et que proposes-tu en échange ?

— Tout sauf la foudre, répondit Merlin en se tenant bien droit.

— Pourquoi pas une averse ? demanda avidement le siamois.

— Marché conclu, répondit Merlin en hochant la tête.

— Excellent. Alors, voyons ce que nous avons là.

Luna me guida vers la charrette.

— Vas-y, assieds-toi.

— Merlin ne doit-il pas payer d'abord ? lui chuchotai-je.

— Ils ont un contrat oral lié par la magie, expliqua-t-elle. Ne t'inquiète pas, tout sera réglé automatiquement.

— Est-ce que ça va faire mal ? demandai-je au siamois qui était venu s'asseoir à côté de moi sur le banc.

Il eut un rire de dédain.

— Je me sens insulté. Pour quel genre de sorcier du sang me prenez-vous?

Je me tus, préférant ne pas parler de la douleur que m'avait infligée Dash en prenant mon sang. Le sorcier de sang siamois s'avança vers mes genoux, puis posa la patte dans mon cou. Je ne sentis rien, mais quand il retira sa patte, du sang luisait sur chacune de ses griffes sous le ciel nocturne.

Il fixa sa patte en écarquillant les yeux.

— Eh bien, ça alors!

— Quoi? Qu'y a-t-il? demanda Merlin qui semblait encore plus angoissé que moi.

— Est-ce ton familier? s'enquit le sorcier de sang en regardant tour à tour sa patte et moi.

— Oui. Est-ce que tout va bien?

— Plus que bien! ronronna le siamois, comme pris d'un bonheur hystérique. Son sang est particuliè-rement puissant. Elle est la descendante du familier dévoué original.

— Arthur? s'écria Luna en retenant sa respiration.

— Le roi Arthur, le véritable compagnon du grand Merlin, confirma le siamois.

— Et tu descends de Merlin? demandai-je à mon

chat en me souvenant de l'histoire qu'il avait racontée lors de notre première conversation.

Il hocha la tête, mais il garda le regard perdu dans le vide.

— Qu'est-ce que ça veut dire? soufflai-je, ne sachant toujours pas très bien comment prendre la nouvelle.

— Ça signifie que vous avez à ce jour le lien le plus puissant qui existe entre un sorcier et son familier, expliqua Luna en chuchotant.

— Pas étonnant que nous nous soyons liés si vite, murmura Merlin.

— Nous étions déjà au courant du lien, fis-je remarquer.

— Oui, dit le siamois. Mais cachez soigneusement ce secret, car il y en aura beaucoup qui voudront vous séparer.

Je hochai la tête en restant muette, terrifiée par ce que je venais d'apprendre.

Dash était déjà au courant…

Et elle allait revenir.

Inutile de vous arrêter ici. Le livre suivant de cette série est désormais disponible et gratuit

avec votre abonnement Kindle Unlimited. Commandez votre exemplaire dès aujourd'hui !

ET ENSUITE?

C'était déjà assez difficile d'être le familier de mon chat sorcier quand nous n'avions à gérer que des dangers visibles. Maintenant, il s'est empêtré dans une âpre querelle avec un fantôme récemment apparu, et je me demande…

Comment diable sommes-nous censés battre cette chose?

Je regrette la simplicité de l'époque où je n'avais à m'inquiéter que de la fin de mon mémoire et du maintien de mon emploi de barista à mi-temps. Même si je n'ai pas choisi cette vie magique, elle m'est tombée dessus sans tenir compte de mon avis. Je n'ai plus qu'à rester en vie assez longtemps pour profiter des quelques avantages.

***Merlin Combat un Fantôme* est maintenant disponible. Commandez votre exemplaire dès aujourd'hui !**

APERÇU
MERLIN COMBAT UN FANTÔME

Bonjour, je m'appelle Gracie Springs. J'étais une fille assez normale jusqu'à il y a environ une semaine. Voyez-vous, mon patron a été assassiné par magie, puis une sorcière maléfique et sa complice ont essayé de me faire porter le chapeau.

Il s'avère que je descends du roi Arthur. J'ai aussi été choisie pour servir de familier à mon cher sorcier. Je l'appelais Bouboule, mais je sais maintenant qu'il préfère se faire appeler Merlin. Lui aussi descend d'une lignée célèbre : le Merlin originel est son ancêtre.

Non, pas l'imposteur humain que tout le monde pense connaître. Le véritable sorcier, qui était un chat.

À cause de notre héritage entremêlé, Merlin et

moi avons un lien presque impossible à briser. Presque.

La méchante s'est échappée la dernière fois, mais nous savons tous les deux qu'elle reviendra avec un nouveau plan pour voler la magie de Merlin pour de bon.

Pendant tous ces événements, il m'a aussi fallu maintenir les apparences d'une vie normale en travaillant à mi-temps en tant que barista à la Maison du Café de Harold. Le café est en train d'être réinventé, grâce aux objectifs très ambitieux de Kelley, la fille perdue de Harold, qui lui succède.

De plus, je ne suis pas loin de terminer mon Master en sociologie. Il me suffit de finir mon mémoire, puis je pourrai trouver du travail dans mon domaine au lieu de m'occuper de grains de café pour l'éternité.

Dernièrement, cependant, je suis très occupée à comprendre mon nouveau rôle de familier. Merlin et sa nouvelle petite amie aiment m'interroger à toute heure du jour et de la nuit.

Je dois être prête pour la prochaine attaque magique, et nous savons tous qu'elle viendra bientôt.

Je parie que ma grand-mère n'avait aucune idée de ce qui m'attendait quand elle m'a donné sa maison dans une petite ville de Géorgie et qu'elle a pris sa retraite dans les Keys de Floride. Elle ne savait certainement pas qu'un Maine coon magicien avait déjà mené une enquête sur elle pour en faire son familier, ni qu'il allait ensuite me choisir à sa place.

Franchement, même si ma vie était devenue un peu folle, je n'aurais pas voulu la changer. J'aime Merlin, et j'aime nos aventures ensemble, même si elles me filent les chocottes.

Je ne sais pas lancer de sorts, mais ça ne veut pas dire que je ne suis pas importante dans notre combat contre la vilaine sorcière des illusions qui nous cherche des noises.

Cette fois, quand elle nous trouvera, je serai prête à la calmer.

Un cri abominable m'éveilla d'un sommeil de mort.

Meeeeeeeeeeh!

Je me redressai brusquement dans le lit et j'attrapai mon portable pour m'éclairer.

— Qui est là? demandai-je.

Pour seule réponse, Merlin courut bruyamment sur le plancher dans le couloir.

Meeeeeeeeeh! résonna encore le cri, et cette fois je compris que c'était Luna qui hurlait.

Et cela continua. Un cri, une course. Un cri, une

course. Jusqu'à ce que je finisse par arriver dans le couloir et que je les découvre en train de fixer le coin opposé du plafond avec les oreilles aplaties contre leurs petites têtes de chat.

— Que se passe-t-il? demandai-je en sachant très bien qu'ils étaient capables d'émettre autre chose que des miaulements sauvages.

— F-f-f-fantôme, dit Merlin avant de piquer un autre sprint le long du couloir.

Je jetai un coup d'œil à l'endroit que fixait Luna sans ciller… et je ne vis absolument rien.

Malgré tout, je lui demandai :

— Que vois-tu?

En général, elle était la plus logique des deux… ou du moins, celle qui était la plus à même d'expliquer la situation.

— Je ne vois rien, chuchota-t-elle sans détourner le regard du plafond. Mais une énergie est en train de se former. Elle n'est pas encore entièrement dans notre monde. Ça arrivera bientôt, cependant.

— Tu vois donc une sorte de préfantôme? résumai-je.

— Quelque chose comme ça.

— Mais comment le sais-tu? Tu n'es plus douée de magie.

Luna ne put retenir un sifflement.

— Je ne suis peut-être pas une sorcière, mais je suis toujours un chat. Magiciens ou pas, nous sommes tous capables de voir le domaine du surnaturel.

— Comme Nocturna ? demandai-je en faisant référence à la ville nocturne magique qui n'était accessible aux créatures magiques qu'au moment du crépuscule.

Merlin grogna et commença à donner des coups avec ses pattes arrière.

— Oh non, pas question ! criai-je en me baissant pour le soulever dans mes bras. Pas de tornades dans la maison.

Il grogna de consternation jusqu'à ce que je le repose.

— Nous devons nous en débarrasser avant qu'il prenne sa forme complète, me dit Luna pendant qu'elle se mordait la lèvre inférieure avec les canines supérieures.

— Le fait qu'il soit ici si tôt dans son voyage vers l'au-delà est très mauvais signe, révéla Merlin et quand je le regardai, il avait arrondi le dos et gonflé ses poils au volume maximal.

Je le repris dans mes bras.

— Et pas d'éclairs dans la maison !

— Mais alors, que devons-nous faire ? demanda

Luna en retenant sa respiration.

— Laissez-moi préparer un peu de café, dis-je en concédant enfin ma défaite.

Il était évident que les chats n'allaient pas me laisser me recoucher tant que je n'avais pas trouvé un moyen de mettre une raclée à ce fantôme nouveau-né... il fallait au moins l'envoyer hanter un autre endroit, très, très loin d'ici.

Merlin Combat un Fantôme est maintenant disponible. Commandez votre exemplaire dès aujourd'hui !

À PROPOS DE MOLLY FITZ

Même si Molly Fitz, l'autrice de bestsellers sur la liste de *USA Today*, ne sait techniquement pas communiquer avec les animaux, ses trois assistants d'écriture félins et elle ont des conversations très animées en vaquant à leurs occupations.

Elle vit avec son enfant et leur propre zoo quelque part dans la nature sauvage de l'Alaska. Molly s'aventure parfois hors de chez elle pour de bons repas, du café délicieux, ou pour rencontrer de nouveaux animaux.

Apprenez-en plus sur Molly et ses livres en français, et n'oubliez pas de vous inscrire à sa news-letter sur **minoumystérieux.com.**

LES ENQUÊTES DE LA CHUCHOTEUSE

Angie Russo vient de s'associer avec le tout premier chat détective parlant de Blueberry Bay. Avec sa bande hétéroclite d'humains et d'animaux, Octo-Chat est bien décidé à sauver la situation... tant que ça n'interfère pas avec son planning. Commencez par le tome 1, ***Minou Mystérieux***.

MYSTÈRES MAGIQUES DE MERLIN

Gracie Springs n'est pas une sorcière... mais son chat est un sorcier. Elle doit maintenant aider à garder son secret ou risquer de passer le reste de sa vie dans une prison magique. Dommage que les problèmes semblent les suivre partout où ils vont ! Commencez par le tome 1, ***Merlin affronte un familier***.

L'AGENCE D'INTÉRIM PARANORMALE

La vie simple de Tawny Bigford prend un tour magique quand elle tombe sur le meurtre de sa propriétaire et qu'elle est recrutée par un chat noir parlant nommé Fluffikins pour prendre le rôle de la défunte en tant que Sorcière Officielle de la ville de Beech Grove, Géorgie. Commencez par le tome 1, ***Sorcière à louer***.

COMMUNIQUEZ AVEC MOLLY

Si vous cherchez à rejoindre une communauté de doux dingues qui aiment les animaux autant qu'ils aiment les livres, alors nous allons vraiment nous entendre !

Suivez **ma page Facebook** exclusivement réservée à mon lectorat français : Facebook.com/lapilealire

Abonnez-vous à **ma newsletter** pour recevoir des cadeaux numériques, les dernières nouvelles et même des cadeaux occasionnels réservés uniquement à mes fans français : minoumystérieux.com/abonnez

www.ingramcontent.com/pod-product-compliance
Lightning Source LLC
Chambersburg PA
CBHW050325110726
47899CB00007B/2377